小木屋的故事

草原小镇

[美]劳拉·英格斯·怀德 著
文轩 译

中国书籍出版社

图书在版编目（CIP）数据

草原小镇 /（美）怀德著；文轩译 . — 北京：中国书籍出版社，2015.2
ISBN 978-7-5068-4629-5

Ⅰ . ①草… Ⅱ . ①怀… ②文… Ⅲ . ①儿童文学—长篇小说—美国—现代 Ⅳ . ① I712.84

中国版本图书馆 CIP 数据核字（2014）第 300586 号

草原小镇

［美］劳拉·英格斯·怀德　著　文轩　译

图书策划	武　斌　崔付建
责任编辑	张　娟　成晓春
责任印制	孙马飞　马　芝
出版发行	中国书籍出版社
地　　址	北京市丰台区三路居路 97 号（邮编：100073）
电　　话	（010）52257143（总编室）（010）52257140（发行部）
电子邮箱	chinabp@vip.sina.com
经　　销	全国新华书店
印　　刷	北京富达印务有限公司
开　　本	650 毫米 ×940 毫米　1/16
字　　数	180 千字
印　　张	17
版　　次	2015 年 2 月第 1 版　2015 年 2 月第 1 次印刷
书　　号	ISBN 978-7-5068-4629-5
定　　价	32.00 元

版权所有　翻印必究

出版前言

在美国白宫的网站上，列有美国儿童文学作家的白宫梦之队，成员仅有三位：一位是写《夏洛的网》的E.B.怀特，一位是写《戴高帽的猫》的苏斯博士，还有一位就是"小木屋的故事"系列小说的作者劳拉·英格斯·怀德。

劳拉·英格斯·怀德出生于1867年2月7日，是四个孩子中的老二。根据劳拉的描述，她的父亲是个聪明、乐观却有些鲁莽的人，而她的母亲节俭、温和且有教养。劳拉的姐姐玛丽14岁时因感染猩红热而失明，弟弟九个月大的时候就夭折了。姐弟的不幸和常年艰辛动荡的拓荒生活，让劳拉从一个无忧无虑的小女孩迅速成长为一个坚强、勇敢、自立的少女。1882年，她在15岁时就取得了教师资格证。为了能让姐姐玛丽读昂贵的盲人学校，她独自去离家十几公里的乡村小学做教师赚钱养家。

小木屋的故事
Little House Books

在那段时间里,她收获了爱情,大她十岁的农庄男孩阿曼乐对劳拉展开了追求。3年后,18岁的劳拉和阿曼乐结为夫妻,后来生下了女儿罗斯。罗斯长大后成为了一名相当出色的新闻作家,而正是在罗斯的鼓励下,老年劳拉开始了对过去拓荒生活的回忆,创作出了"小木屋的故事"系列小说。这套作品可以说就是劳拉大半生的自传,书中的主角劳拉就是真实劳拉的化身。

"小木屋的故事"讲述了19世纪后半期,女孩劳拉和她的家庭在美国西部边疆地区拓荒的故事,被誉为一部美国人自强不息的"拓荒百科"。1862年南北战争期间,美国国会颁布了《宅地法案》,规定了拓荒者可以申请获得公有土地,从而揭开了波澜壮阔的美国西部大开拓时代。南北战争结束后,美国各地掀起了到西部拓荒的热潮。在这样的历史背景下,住在美国中部威斯康星州的劳拉一家开始了进军西部、追求美好生活的拓荒历程。劳拉从2岁开始便跟随家庭四处迁徙,在13岁以前,她就已到过威斯康星州的大森林、堪萨斯州的大草原、明尼苏达州的梅溪边,以及南达科他州的大荒原。劳拉一家住过森林里的小木屋,睡过草原上的地洞,也在静谧的农庄和繁忙的小镇生活过。

"小木屋的故事"一共9本,其中序曲《大森林里的小木屋》出版于1932年——劳拉65岁之时,主要讲述了她童年时代生

草原小镇
Little Town on the Prairie

活在威斯康星州大森林里的故事。这本书一经出版便获得了出人意料的成功，受到了不同年龄读者的极大欢迎，这也让劳拉意识到自己"拥有一个奇妙的童年"。此后十年，她笔耕不辍，相继出版了《农庄男孩》(1933年)，《草原上的小木屋》(1935年)，《在梅溪边》(1937)，《在银湖边》(1939)，《漫长的冬季》(1940)，《草原小镇》(1941)，《快乐的金色年代》(1943)等7部作品，故事一直讲到劳拉恋爱并嫁给阿曼乐。1957年，劳拉在密苏里州的农场去世，享年90岁。她的遗作，反映其新婚生活的手稿——《新婚四年》于1971年由女儿罗斯整理出版，为"小木屋的故事"画上了完美的句号。

劳拉曾在文章中写道："我见识了森林和草原的印第安乡村、边疆小镇、未开发的西部广袤土地，也亲历了人们申领土地拓荒定居的场景。我想我目睹了这一切，并在这一切中生活……我想让现在的孩子们对他们所看到的事物的历史源头及其背后的东西有更多更深的了解，正是这些使美国变成了今天他们所知道的样子。""小木屋的故事"在历史层面上，已然超越了儿童文学的范围，吸引了无数读者争相传阅。在劳拉87岁时，"小木屋的故事"系列小说开始被译成多种语言，在世界各地发行，每一本都受到了读者的极大欢迎。没有高学历、没有受过严格写作训练、没有华丽文笔的劳拉恐怕没有料到，"小木屋的故事"系列小说从此会成为世界儿童文学经典名著，成为美国文学史

上的一块里程碑。迄今为止，它已被改编成各种形式的故事，拍成系列电视剧和多部电影。而作者生活过并在小说中出现的地方——威斯康星州大森林中和堪萨斯州大草原上的小木屋、南达科他州银湖岸边的农庄和德斯密特镇的旧居，都成为了著名的景点，每年迎来成千上万的访客。

　　从拓荒女孩到驰名世界的儿童文学作家，劳拉一生的故事曲折生动。她以细腻的文笔和丰富的情感，把家庭的西部拓荒史、同父母姐妹间的亲情、与阿曼乐之间纯洁美好的爱情，以及个人的少女成长经历，描述得栩栩动人、妙趣横生。"小木屋的故事"系列小说如同一幅幅工笔细描的图画：拓荒者们与大自然搏斗，但又与大自然和谐相处；作品中的日月星辰、风雨冰雪、飞禽走兽、树木花草，无不变幻多姿、充满诗意，即使是破坏力巨大的自然灾变，也别具魅力；拓荒者之间的人际关系是那么单纯、和谐，家庭成员、亲族和朋友间的情感，包括劳拉与阿曼乐的爱情，都是那么真诚、美好，他们甚至对狗、猫、马、牛等家畜也充满了眷顾与柔情。全书涉及自然、探险、动物、亲情、爱情、成长等诸多受青少年喜爱的或惊险刺激、或温馨感人的元素，即便今天读来也倍感亲切，让人身临其境。

　　这是一套非常适合家庭阅读和亲子阅读的书籍。通过品读劳拉的成长故事和家庭的拓荒历程，我们可以认识自己与亲人、大自然的亲密关系，可以在生活节奏加快、人际关系疏离、远离大自然的现代社会中，找回温馨的亲情、宝贵的勇气、真实的爱情和朴素的感动。

　　放眼今天，生活在电子时代的我们很难说就一定比拓荒时的劳拉一家更加幸福。祖辈们用勤劳和勇敢开拓出美好的家园，传递给子孙后代。而当我们享受他们的馈赠时，却忘记了他们是如何久经生活的考验：耕种、打猎、缝衣、筑屋、凿井……劳拉曾说，她创作"小木屋的故事"，是为了"把自己的童年故事讲给现在的孩子听，让他们懂得勇敢、自强、自立、真诚、助人为乐……这些品质不管是在过去还是在现在，都可以帮助我们克服各种艰难困苦"。劳拉的愿望已经成为一代代读者所追求的目标，劳拉的故事已经成为人们成长路上难得的指引与鼓励，温暖了无数大人和孩子的心灵，激励着我们不畏艰辛、勇敢开拓、创造未来。

目　录
CONTENTS

001　　意　外
003　　放领地上的春天
017　　小猫凯蒂来了
024　　快乐的日子
032　　在镇上工作
043　　玫瑰盛开的季节
051　　九块钱
057　　七月四日
076　　乌　鸦
083　　玛丽去上学

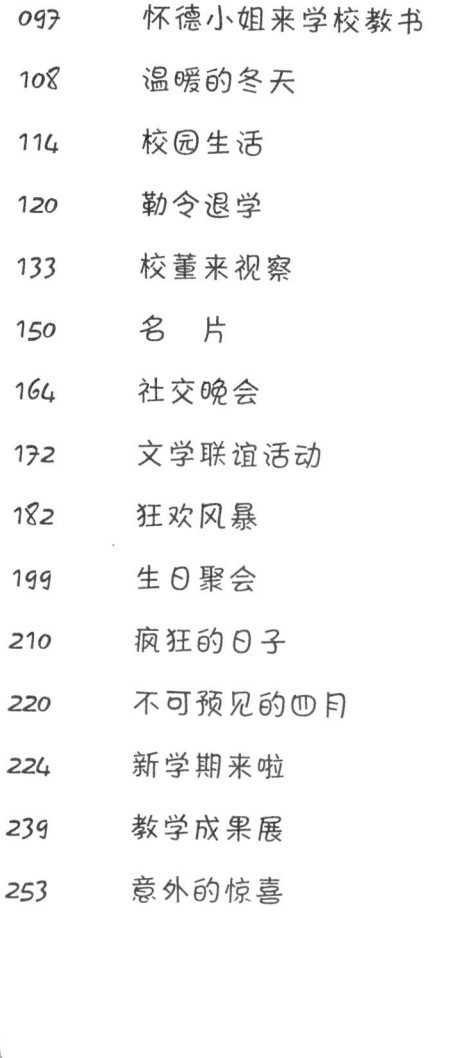

097	怀德小姐来学校教书
108	温暖的冬天
114	校园生活
120	勒令退学
133	校董来视察
150	名　片
164	社交晚会
172	文学联谊活动
182	狂欢风暴
199	生日聚会
210	疯狂的日子
220	不可预见的四月
224	新学期来啦
239	教学成果展
253	意外的惊喜

意 外

一天晚上，吃饭时，爸突然问道："劳拉，你喜欢去镇上工作吗？"大家都呆住了，劳拉没有回话。格蕾丝用她的蓝眼睛盯着杯子，卡莉的嘴里咬着片面包，一动不动。玛丽手中拿着叉子，僵在哪儿。妈正端着茶壶给爸倒茶，这时也回不过神来，茶杯里的水都快溢出来了。这时，她回过神来，放下茶壶问道："查尔斯，你在说什么？"

"我在问劳拉要不要去镇上找份工作来做。"爸回答道。

"你让一个女孩子去镇上找工作?"妈坚决地否定道,"不,查尔斯,我不允许劳拉在旅馆里工作的,在那里的都是些乱七八糟的陌生人。"

"谁说让劳拉去做那种事了?"爸大声说道,"只要我还在,我们的孩子都不会沦落到做那种事的。"

"的确不会。可是,你让我觉得很意外。"妈愧疚地说,"还有其他的工作可以选择吗?劳拉还不够大,否则就可以去教书了。"爸没有作进一步的解释。爸妈都在讨论劳拉的事情,但劳拉其实不想去镇上。这时,她想起了小镇,想起了春天全家人在放领地上忙忙碌碌的样子,又开心又充实。

放领地上的春天

去年十月，他们经历了一场很大的暴风雪。从那之后，全家人就搬到镇上住了，劳拉也在镇里的学校开始上学。暴风雪迫使学校停课了，整个冬天，又冷又漫长，暴风雪在房前屋后不停地肆虐着，没日没夜地咆哮着。四周听不到人声，看不到灯光。

整个冬天，全家人都挤在小厨房里，挨饿受冻，他们在黑暗中艰难地与严寒作斗争：把干草拧成一个小棍烧，让炉火保持不灭；用咖啡机磨麦子，做面包。

那个时候，大家只期盼冬天早点结束，暴风雪快点停下来，太阳早点来临，将身上晒得暖洋洋的，这样他们就可以离开小镇，回放领地了。

春天终于来了，阳光温暖地普照大地，达科他草原十分暖和而明亮，几乎看不出暴风雪肆虐的痕迹。劳拉非常开心，终于又可以回到放领地了，她觉得什么也比不上能到外面走走，让身体沐浴在阳光下。

黎明时分，她来到了沼泽旁的一个井边，打了一桶清澈的水。太阳正闪着绚丽的光芒，慢慢地升起来。云雀一群一群高歌着飞离被露水打湿的草地，飞向天空。路边的兔子又蹦又跳，抖着长长的耳朵，明亮的眼睛灵动地东看看西看看，嘴上不停地啃着嫩嫩的草尖。一切都显得生机勃勃。

劳拉放下打来的水后，在屋子里小憩了一会儿，就又拎着挤奶桶出门了。她跑上斜坡，就看见奶牛艾伦正在津津有味地嚼着清香的嫩草。劳拉给它挤奶的时候，它就静静地站着，不停地吃青草。新鲜的牛奶不停地涌下来，滴落到桶中，溅起越来越多的泡泡。如果你挨近闻，就会感受到一股热气和着春天的气息。劳拉光脚走在沾满露水的草地上，脚变得湿淋淋、冷冰冰的，可温暖的阳光照在她的脖子上，她一点也不觉得冷。艾伦的小牛崽被绳子套着，哞哞地着急地叫着。艾伦用安抚的口吻喊了一声，似乎在告诉它不要着急。

将最后几滴牛奶挤完后，劳拉就使劲地将桶拖进了小屋。妈把一些温热的鲜奶倒在喂小牛的桶里，给小牛吃，又拿了一块干净的摆布，用来过滤剩下的牛奶。过滤后的牛奶放在一个奶锅里，劳拉轻手轻脚地抬起奶锅，将它放在了地窖里。前一晚过滤的牛奶表层上已经结出了厚厚的奶油，妈将奶油剥掉，这样，脱脂牛奶就做成了。妈又往喂小牛的桶里倒了些脱脂牛奶，让劳拉提给小牛喝，小牛可饿坏了。

教小牛喝奶很不容易，不过很有趣。腿还站不稳的小牛，认为一定要用头撞奶桶，才能喝到牛奶，因此它一闻到桶里的奶香味，就会拿自己的头撞奶桶。

劳拉既要预防小牛把奶桶撞翻，又要想办法教会它如何喝奶。于是她用手指蘸了点牛奶，伸到小牛的嘴边，让小牛吸吮，接着慢慢地将它的头牵引到桶里。可小牛居然把鼻子也埋进牛奶里了，它打了个喷嚏，牛奶就溅到了桶外面。接着小牛用尽全身的力气，撞向了奶桶。它撞得太用力了，桶差点就要翻了。牛奶洒到了小牛的头上，把劳拉的裙子也打湿了。

劳拉并不恼怒，她又蘸湿了手指，从头再来一遍。不

过这次，她吸取教训，抱稳了桶，避免奶溅出来。这一次，小牛终于喝到了一点奶。劳拉将地上拴牛的铁桩拔起来，牵着艾伦、新生的和一岁的小牛来到了一块凉爽的草地，再将铁桩在地上钉牢。太阳已经爬上来了，天空湛蓝，微风吹拂着草原，荡漾开层层草浪。

这时，劳拉听到妈在喊她："劳拉，劳拉！快来吃早饭！"

于是，劳拉急急忙忙地回到小屋，洗完脸和手后，将盆里的水"哗啦"倒到草地上。接着她开始梳头，不过时间已经很紧了，早餐前她没时间将辫子解开，梳顺头发再编起来。于是她只好拿着梳子，从前额一直梳到发梢。干完早上的活，才能腾出时间再编辫子。

开始吃早饭啦！干净的红格子桌布铺在桌子上，上面放着洗得闪闪发亮的餐具。劳拉坐在玛丽旁，她对面是卡莉小妹妹和格蕾丝小宝宝，她们的小脸蛋都洗得干干净净的，眼睛闪闪发光。爸妈笑得很开心，甜蜜的微风从敞开的门窗吹了进来。

爸看着劳拉，说道："今天有个开心的早晨。"

妈也赞同："是啊，的确是美丽又开心的早晨。"

吃完早饭，要赶着山姆和大卫去犁地了。爸给它们套上了犁，赶着它们来到小屋东边，那边有块草地。爸打

草原小镇
Little Town on the Prairie

算犁一块地出来,种玉米。妈给其他孩子分配完活后,说道:"我去菜园干活啦!"劳拉听到后,十分开心。因为玛丽包揽了家务活,她可以去菜园帮妈。玛丽失明了。一场急病猩红热夺去了她清澈的蓝眼睛。不过,失明前她就不喜欢在外面晒太阳,顶着风劳动,因此她很喜欢能像现在这样留在家里干活。她高兴地说:"我可以用手指代替眼睛,干些活。虽然我没办法分清豌豆藤和锄头上的杂草,但我可以洗盘子、铺床,并照顾格蕾丝。"

卡莉才十岁,但是她已经可以帮着玛丽做家务,让妈和劳拉安心地到菜地里劳动。为此她很是自豪。

在大草原上定居的人越来越多了,都是从东部过来的。他们把小屋盖在大沼泽的西边。一辆篷车每隔几天就会经过。它穿过沼泽,途经一条狭窄的路,驶向北边小镇,接着又开回来。妈说,等忙完春天的活,抽空认识一下这些陌生人。

爸的新犁翻地时特别好用,因为它上面安装着一个边缘锋利的轮子,叫作滚动犁刀。犁地时,它会转起来,切进草地,用锋利的钢犁头切断地底下缠得很紧的草根,翻起泥块,又翻过来。

大家对这张铁犁都很满意。每天忙完后,山姆和大卫就会高兴地躺在地上打滚,它们竖起耳朵,一会儿看

草原，一会儿低头吃草。整个春天，它们都不停地犁地，从不抱怨。吃晚饭时，爸虽然疲惫极了，但还经常给大家讲笑话。

"天啊，新犁竟然可以这样使用。"他说，"现在有这么多新发明，人的力气都没处使了。这张犁指不定哪天就会自发地工作，等我们起床，就会发现它已经趁我们睡觉时犁了一两亩地了呢。"

泥块翻在犁沟里，切断的草根露在地面上。踩在翻好的泥土上，软软的，凉凉的。卡莉和格蕾丝常跟在犁后面嬉闹。劳拉的玩心也起来了，但她马上就满十五岁了，再在泥里玩不合规矩，况且她下午还要陪玛丽散散步、晒晒太阳呢。

干完上午的活儿，劳拉就会陪着玛丽在草原上散步。春天里，百花盛开，草坡上映着的云朵阴影，四处蹿动着。

小时候，玛丽经常发号施令，因为她是姐姐。现在她们长大了，反而融洽了许多。她们喜欢一起吹风晒太阳，一起散步，边走还边摘些紫罗兰和金凤花，以及一些羊酸模来吃。羊酸模的花，卷卷的，很可爱，有点像薰衣草，可叶子又长得像苜蓿，细杆子上有股奇怪的气味。

劳拉说："闻着羊酸模，可以闻到春天的味道。"

"劳拉，这其实是柠檬味。"玛丽小声地说。她每次吃羊酸模前都会问："你确定上面没有虫子吗？"

"没有。"劳拉说。

"这儿的草原真干净，没有比这儿更干净的地方了。"

"你再看仔细些，"玛丽说，"我可不想吃到达科他地区唯一一条虫子。"

她们都哈哈大笑起来。现在玛丽的心情很好，会经常开玩笑。太阳帽下，她的脸平静而安详，蓝眼睛很清澈，声音里充满欢乐，就像她不是在黑暗中散步一样。

玛丽一直很乖很听话，有时候连劳拉都要受不了了。有一次，劳拉与她谈起这一点。

"你以前不像个淑女，"劳拉说，"有时候真让人受不了，都想打你耳光了，可你现在真乖巧。"

玛丽停下脚步："劳拉，你把我吓到了。你现在还想打我吗？"

劳拉实话实说："不，再也不会了。"

"真的？不会是因为我眼睛看不见了才对我好吧？"

"是真的，玛丽。我从没觉得你是盲人。如果我也和你一样，我肯定做不到像你这样。我……我真自豪，因为我是你的妹妹。"劳拉叹了口气，"我不明白你怎么做到这么听话的。"

"谁说我听话啦?"玛丽说,"我的确很努力。但你不知道我内心有多叛逆,如果你了解我的内心,就不会想跟我一样了。"

"我了解你的内心。"劳拉说,"你一直都很有耐心,我一点也不觉得你叛逆啊。"

"我知道你为什么想打我了,"玛丽说,"因为我一直都很虚伪。我根本不想做那么听话的孩子。我只是在炫耀,让大家看看我是多么听话。我这么虚伪,应该挨打。"

劳拉吓到了。她没想到玛丽居然会这么说。不过,她还是觉得玛丽不是这样的人。她否定道:"你不是这样的人,你很听话。"

"人发怒时,都会想走极端,做坏事。"玛丽引用《圣经》上的语句,"这十分正常。"

"你在说什么呀?"劳拉叫起来。

"我觉得我们不能总想着自己有没有做好。"玛丽解释。

"但如果连这也不想,还有谁会做好呢?"劳拉说。

"不知道,但我觉得我们不会变坏。"玛丽说。

"我不知道怎么去表达。但是……想到的毕竟太肤浅,还是要多多体会,上帝是仁慈的。"

草原小镇
Little Town on the Prairie

劳拉僵在哪儿，玛丽也不敢动，没有劳拉扶着，她不敢往前走。无边无际的红花绿草在风中轻轻摇曳，碧空中白云飘飘，玛丽站在天地间，却什么也看不见。人人都相信上帝是仁慈的，但劳拉却不知道玛丽怎么坚信这一点。

劳拉说："你真的相信？"

玛丽说："是的，我坚信。上帝是我的老师。他带着我躺在草地上，带我来到水边。这是最美的诗篇。咦，现在到哪儿了？我们为什么要停在这儿？这里闻不到紫罗兰的香味。"

"我们不知不觉就走过水牛塘了，"劳拉说，"回去吧。"回来的过程中，劳拉仔细观察周围的环境，大沼泽里密集地长满了茅草，一段低矮的土坡从粗草丛中缓缓地向上延伸，一直伸到放领地上的小木屋。小屋很小，远远看去就只有鸡笼大小，它的半边屋顶是翘起来的。粗草丛之中，有用泥草皮改成的马厩。草丛边，艾伦和两头小牛正吃着草，爸在东边种玉米。

趁着土地没干，爸将所有的土地都犁了一遍。他耙松去年犁过的土地，撒了些燕麦种子。现在他正挎着一个装满玉米种子的袋子，穿过草地，手里还握着把锄头。

"爸正准备种玉米，"劳拉对玛丽说，"我们朝那边走

吧，这里是水牛塘。"

玛丽应道："好。"

她们站了一会儿，深吸了口气，使劲地嗅着紫罗兰甜甜的香味。水牛塘的形状像碟子，是圆形，深三四英尺，塘里面长的全是紫罗兰。大片的紫罗兰花簇遮住了底下的叶子。玛丽蹲在花丛里，深吸了一口气。她的手指轻拂过浓密的花瓣，伸到了纤细的花茎下，摘了一束花。

姑娘们经过田边草地时，爸也正深吸着紫罗兰香。"散步愉快吗，姑娘们？"爸微笑着问，手里仍继续着工作。他用锄头锄松了一块地后，在上面挖了个小洞，放上四粒玉米种子，再用土覆盖好，然后踩紧。接下来，他又到别处播种了。

卡莉匆匆忙忙地跑了过来，将鼻子埋进了紫罗兰花丛中。她负责照顾格蕾丝，但格蕾丝只喜欢跟爸到田地里玩。格蕾丝最喜欢蚯蚓了。每当爸用锄头把土挖起来时，她就会仔细地盯着检查有没有蚯蚓。当她看见一条细长的蚯蚓缩得肥肥短短的，使劲地往土里钻时，就会开心地"咯咯"笑起来。

"蚯蚓就算被砍成了两半，也能往土里钻。"格蕾丝问："爸，这是什么原因啊？"

爸说："应该是它们想回到土里吧。"

格蕾丝追问道:"为什么呢,爸?"

爸说:"它们应该只是想这么做吧。"

"它们为什么想这么做呢,爸?"

爸反问:"那你为什么喜欢玩泥呢?"

"为什么,爸?"格蕾丝不停地追问,"爸,你种了多少粒玉米?"

"四粒。"爸说着数了一遍,"一、二、三、四粒。"

"一、二、三、四,"格蕾丝问道,"为什么是四粒呢,爸?"

爸说:"这个问题好答。"

"因为要给黑鸟留一粒,给乌鸦留一粒,再剩下两粒发芽。"

菜园里的菜长得越来越大了。光一行窄窄的绿色植物中,就有萝卜、莴苣和洋葱。豌豆的第一层嫩叶已经长出来了,它们还在努力向上伸展着。番茄的幼苗直直地挺着细茎,花边似的叶子朝外舒展。

"得用锄头给菜园翻翻土了。"妈说话的时候,劳拉正将紫罗兰插进水杯,花香一下子弥漫了整个餐桌。"天气渐渐暖起来了,大豆随时会发芽的。"

一天早晨,天很热,格蕾丝种的大豆苗从土里钻出来了。她兴奋得大叫着跑去告诉妈。一整个早上,她都在那

儿看豆苗，怎么也不走开。一株株大豆苗渐渐地长出来，它们的茎细细的，像钢丝弹簧般松开来，大豆分成两半，夹着两片白叶子，在阳光下舒展开来。每当冒出一棵大豆苗，格蕾丝就会高兴地叫起来。

播种完玉米后，爸又继续盖那建了一半的另一半小木屋。一天早上，爸要在横梁上做框架。劳拉帮着把框架竖起来，让它按铅垂线笔直地立着，爸用钉子钉牢框架，竖起墙间柱，装上两扇窗框，又继续安好椽子，盖好以前缺少的另一个斜屋顶。

劳拉一直在帮忙，卡莉和格蕾丝也在旁边帮忙，每当看到有钉子不小心掉下来，她们就帮着捡起来。连妈也常常站在一旁看一会儿。看着半边的小棚屋慢慢变成一座完整的房子，大家都显得兴奋。

房子建好后，就有三间房了。新盖的两间小卧室都配了窗户。终于不用在客厅铺床了。

"这样方便省时多了，"妈说，"可以进行春季大扫除和搬家具了。"

她们把窗帘和被褥洗干净后，拿到外面晾晒，然后擦净窗户，用旧床单做了窗帘。玛丽擅长缝纫，她的针法很好，将窗帘的边缝得非常漂亮。妈和玛丽也没闲着，她们用干净的新木板搭了床架。劳拉和卡莉挑出最干净的干草，塞到床垫套里，再给床铺上妈熨好的热乎乎的床单，以及散发着青草味的被子。

妈和劳拉负责收拾改成客厅的旧屋子，她们把每个角落都打扫得干干净净的。小屋里现在只放炉灶、壁柜、桌子、椅子和架子，床放到房间去了，这样显得宽敞多了。打扫完旧房间，摆放整齐后，大家站着好好地欣赏了一番。

"劳拉，就算你不跟我说，我都能感觉得出来这儿有多干净、多大、多漂亮。"玛丽说，窗户前，清洗得干干净净的白色新窗帘在风中轻轻摇摆。木板墙和地板也刚洗过，呈浅黄灰色。卡莉跑去采了些花，插在桌上的蓝瓶子里，这样，春天的气息似乎也飘进屋里来了。墙角放着个搁架，是棕色的，闪闪发亮，看起来十分漂亮。

午后的阳光照在搁架底层的书上，封面上的烫金字在阳光下闪闪发光；书的上面一层摆着三个印花玻璃盒，盒子上的花被照得闪闪发光。再上一层摆着一座钟，钟面上印着的金花和来回摆动的铜钟摆也闪闪发光。再往上就是架子的顶层了，上面放着劳拉的白瓷首饰盒，一套小小的金杯和金碟摆在首饰盒的盖子上。放在首饰盒旁边的是卡莉白棕相间的小瓷狗。

两间小卧室房门之间隔着一面墙，墙上有副木托架，

木托架是以前爸在威斯康星时,送给妈的圣诞礼物。托架上刻着小花、叶子、蔓藤、星星,是爸用小刀刻出来的,还和以前一样好看。不过要论历史,妈那个粉红相间的瓷牧羊女更加古老,它笑容可掬地站在托架上。

屋子太漂亮了。

小猫凯蒂来了

地里的玉米嫩苗长出来了,但长得零零星星。有天晚上,爸去田里看了玉米苗子的情况,回来后,他十分生气。"超过一半的玉米地都得重新播种。"爸说。

"爸,到底出了什么事?"劳拉问。

"都怪田鼠,它们在捣乱。"爸说,"唉,刚开始在一个地方种玉米总会碰到这样的情况。"格蕾丝正抱着爸的腿。爸抱起她,用胡子扎她的脸,逗得她哈哈大笑起来。她坐在爸的腿上,开心地唱起歌来:

> 一粒给黑鸟,
> 一粒给乌鸦,
> 剩下的两粒,
> 让它去发芽。

"这是一个东部人写的歌,"爸说,"在这儿我们也可以自己编歌曲唱。格蕾丝,唱唱这个好不好?"

"一粒,田鼠吃了;两粒,田鼠吃了;三粒,还是田鼠吃了。田里变得空荡荡了。"

"哎,查尔斯!"妈被爸那副调皮的样子逗得大笑起来。

玉米刚种下去,田鼠就来啦。它们到处乱窜,刨开下种的地方。奇怪的是,它们竟然能准确地找到玉米种子。

这些小家伙到处刨土,找到玉米粒后就笔直地坐着,捧着玉米粒慢慢啃。它们竟然能把田里大部分的玉米种子都吃掉,真让人震惊。

"真可恶!"爸说,"要是我们有只好猫就好了!如果家里以前那只老黑猫苏珊还在,这些田鼠肯定会被赶得远远的。"

"要不我们养只猫吧!"妈赞成,"屋里也有好多老鼠,橱柜里的食物如果没盖起来,就会被老鼠偷吃掉。有没有

草原小镇
Little Town on the Prairie

办法找一只猫来,查尔斯?"

"可是没听说过这个地区有猫。"爸说,"镇上的人也遇到同样的问题了。维马兹说他会想方设法从东部找只猫来。"

那天晚上,劳拉忽然被一阵喘息声惊醒了。喘息声是从隔壁传过来的,接着她还听到了东西撞击的声音。妈问:"查尔斯,怎么了?"

"我刚才梦见我在剪头发,"爸小声地说。

妈的声音也很小,她担心半夜三更把大家都吵醒了,她说:"那只是梦而已。睡吧,我把被子拉过来一点。"

"可是,我真的听到剪刀'咔嚓咔嚓'响的声音。"爸说。

"好啦,那只是梦,躺下睡觉吧。"妈打了个哈欠。

"可我的头发的确没了。"爸说。

"只是一个梦而已,怎么会把你吓成这样,你以前不会这样的。"妈困得又打了个哈欠。"睡吧,翻一个身,就不会再做梦了。"

"可是,卡洛琳,我的头发没了。"爸又说。

"怎么回事?"这下,妈终于惊醒过来,问道。

爸回答道,"我刚才睡觉时,手碰到了这儿,你摸一下看看。"

小木屋的故事
Little House Books

"查尔斯,你的头发呢?"妈尖叫道。

接着,劳拉听见妈坐了起来。"我摸到你头上有块地方……"

"是呀,就是这里,"爸接过话头,"我也摸到了……"

妈说:"有我手掌那么大的一块地方没头发。"

"刚刚我的手,"爸说,"好像抓到了什么东西……"

"是什么?"妈问。

"应该是只老鼠。"爸回答道。

"它在哪?"妈大叫道。

"不知道。我用力把它扔出去了。"爸说。

"天啊!"妈害怕地说,"你的头发一定被那只老鼠咬下来做窝了。"

过了一会,爸说:"卡洛琳,我发誓……"

"别,查尔斯。"妈小声地说。

"哦,但我不能为了赶老鼠,一晚上都不睡觉啊。"

"要是有只猫就好了。"妈无可奈何地说。

大家早上在卧室的墙边真的发现了一只老鼠。它被爸摔到墙上,撞死了。吃早饭的时候,大家看到爸的头后面有一块头发被老鼠咬光了。

其实爸对这些事情不是很在意,但是出席县议会的会议以前,他的头发肯定长不出来了。这个地区发展得极快，已经准备筹建县了，爸必须得帮忙，因为他是最早的移民，这是他的义务。

会议的地点在威丁先生的放领地上，那儿离小镇有四英里远。威丁太太肯定会在那儿，爸没办法一直戴着帽子。"别担心，"妈安慰，"直接告诉他们是怎么回事就好了。也许他们家里也有老鼠呢。"

"开会要谈的是大事，可比这件事重要多了。"爸说，"算了，就让他们以为这是我的太太精心为我设计的发型好了。"

"查尔斯，我不许你这么说！"妈叫了起来。过了好一会，她才明白过来，原来爸是在和她开玩笑。

早上时，爸就驾着马车离开了，他让妈不用等他回来吃午饭。他光驾车来回，就要跑十英里的路。

爸驾车回到马厩时，已经到晚饭时分了。他卸下马车后就急冲冲地跑进屋子，碰到了往外跑的卡莉和格蕾丝。"姑娘们！卡洛琳！"他叫起来，"猜猜看我带了什么回来！"他的手插在口袋里，眼睛炯炯有神。

"糖果！"卡莉和格蕾丝齐声答道。

"比那可好多了！"爸说。

"信？"妈问。

"一张报纸，"玛丽猜，"有可能是《前进报》。"

劳拉仔细地盯着爸的口袋。她确定有东西跑进了爸的口袋,而且不是爸的手。

"让玛丽先看看。"爸说着,把手从口袋里拿出来,他的手掌里躺着一只青白相间的小猫。

他小心翼翼地把小猫放在玛丽的手中。玛丽用指尖轻轻抚摸小猫柔软的毛、小耳朵、鼻子和爪子。

"是小猫,"她高兴地说,"小猫真小啊。"

"它的眼睛都还没睁开呢。"劳拉告诉她。

小猫身上的大部分部位都是白色的,它的软毛像烟卷烧出的烟雾,它的脸、胸脯、脚掌以及尾巴尖儿都是白色的,连它的小爪子也是白白的一小点儿。

"小猫太小了,本来不应该离开猫妈妈的。"爸说,"但我必须得带走它,不然就被别人带走了。猫是从威丁那儿买的,威丁托人从东部带来了只母猫,她生了五只小猫,光今天就已经卖出了四只,每只小猫五毛钱。"

"爸,你花钱买了吗?"劳拉把眼睛睁得大大的,问道。

"我买了。"爸说。

妈立即说:"查尔斯,我不会怪你的。我们家应该养只猫。"

"这么小的小猫我们能养活吗?"玛丽担忧地问。

草原小镇
Little Town on the Prairie

"当然可以,"妈坚定地说,"我们必须经常喂它,认真地帮它洗眼睛、保暖。劳拉,找个小盒子来,顺便从碎布袋里拿出一些最柔软、最暖和的碎布片。"

劳拉用纸板盒给小猫做了一个舒适温暖的小窝,妈热了牛奶。大家看着妈将小猫放在手心,拿着茶匙喂它牛奶喝。小猫的爪子紧抓着茶匙,粉红色的小嘴试图将热牛奶一滴一滴地吸进嘴里,但还是有些牛奶沿着下巴流了下来。喂完奶后,大家把小猫放进了窝里。玛丽用手温柔地拍着小猫,哄它入睡。

"猫是有九条命的,小猫也有。它会好好地活下来的。"妈说,"我们看着吧。"

快乐的日子

爸说,新镇发展得极快,不断有新移民涌来,他们都在忙着盖房子安顿。一天晚上,爸妈到镇上帮忙组织教会,教堂的地基已经建好了,但缺乏木匠,于是爸又干起了木匠活。

每天早上做完家务后,爸就会拎着铁皮桶,带着午饭,走着去镇上。他每天从早上七点工作到晚上六点半,中午休息一会,晚上回家吃饭。这样一周可以挣到十五美元。那是一段非常快乐的时光。地里的蔬菜、玉米和燕麦

草原小镇
Little Town on the Prairie

都长得非常好。小牛犊已经断奶了,这样就有脱脂牛奶做乳酪了,奶油还可以做黄油和乳脂奶。最让人高兴的是,爸现在可以赚到好多钱。

劳拉在菜地里干活时,总在想玛丽上学的事。自从他们在两年前听说爱荷华有一所盲人学校后,就一直在考虑这件事,大家每天晚上都祈祷玛丽可以到那里上学。玛丽失明后,最遗憾的事情就是没法上学。她很喜欢读书、学习,以前她一直想当老师,但现在是没有办法实现愿望了。劳拉并不想教书,但她不得不当教师。这样,她长大以后就可以到学校教书挣钱,供玛丽上学。

劳拉一边锄地一边想:"没关系,我看得见。"

她能看到锄头、五颜六色的大地、叶子的光影、豆茎的影子。她只要一抬头,就能看到一大片的绿草在摇曳,天际线是碧蓝的,鸟儿自由翱翔,艾伦和小牛犊在绿草坡上散步,云朵像雪一样白。她能看到这么多美丽的事物,可玛丽什么也看不到。

尽管觉得是奢望,但她还是希望秋天时玛丽能去上学。爸现在可以挣到很多钱。只要能让玛丽去上学,劳拉肯定会拼命地念书、努力学习,这样她十六岁时就可以到学校教书,用收入供玛丽读书了。

她们都需要添衣服和鞋子,爸要买各种生活用品:面

粉、糖、茶叶和咸肉，还要还建另一半木屋时用的木料钱，冬天的木炭也该添了。对了，还要交税！幸好他们今年种了菜、玉米和燕麦。再过两年，他们就可以吃地里收获的东西，不用再去买了。

如果他们养着母鸡和猪，还能吃到肉。现在这里人越来越多了，几乎找不到野生动物了，要吃肉，就得买，或者自己养。或许明年当新移民带来母鸡和猪时，爸可以买到几只母鸡和一头猪。

一天晚上，爸笑眯眯地回来了。

"卡洛琳，孩子们，猜猜我遇到了什么事。"他大声叫道，"今天我在镇上看到波斯特啦。他捎来了波斯特太太的话，波斯特太太承诺会替我们孵一窝小鸡呢！"

"太好了，查尔斯！"妈说。

"等小鸡长大，可以自己觅食了，他就会给我们送过来。"爸说。

"噢，查尔斯，这真是个好消息。波斯特太太人太好了，"妈感激地说，"她现在好吗？波斯特先生提到她了吗？"

"他们都很好，波斯特太太太忙了，也许今年春天都不能来镇上了，不过她一直念叨着你。"

"一窝鸡崽，"妈说，"很少有人愿意这么做。"

"他们很感激初来乍到时，你那样对待他们。他们刚刚结婚,又在暴风雪中迷路了,我们是四十英里内唯一的新移民。"爸提醒她,"波斯特常常提到这件事。"

"嘘,"妈说,"那算不了上什么。但整整一窝鸡——让我们省下了一整年的时间。"

如果能把这窝鸡养活,老鹰、黄鼠狼或狐狸也没叼走它们,那夏天时就有一些可以长成小母鸡啦。明年这些小母鸡会开始产蛋,它们还可以孵小鸡。后年,鸡的数量会不断增加,小公鸡就可以用来做炸鸡啦。全家人还会有蛋吃,当老母鸡老得下不了蛋时,还可以用来做鸡肉馅饼。

"要是明年春天爸能买头小猪,"玛丽说,"过几年我们就可以吃到煎火腿了,还能吃到猪油、香肠、排骨和猪肉冻呢。"

"格蕾丝可以吃烤猪尾巴!"卡莉插嘴说。

格蕾丝很好奇,问:"什么是猪尾巴?"

卡莉还记得宰猪的场景,可格蕾丝从没在炉架前烤过猪尾巴,也没见过猪尾巴滴着油、被烤得金黄金黄的样子。她从来没见过肉丸炸饼堆满蓝色大盘子的情景,也从没有用汤勺舀起暗红色的肉汁淋在烙饼上的体验。她的记忆中只有达科他地区的事,她认知里的肉,就是爸有时买回来的肥肥的咸猪肉。

不过没关系，好日子很快就会来了，总有一天他们会吃上所有好东西。生活充满了期待，现在要做的事情有很多。光阴似箭，大家都忙着劳作。白天，他们几乎没时间想爸。晚上爸回到家，就会讲镇上的新鲜事给大家听，她们也总会告诉爸很多事。

尽管知道爸不会相信，她们还是告诉了爸那天最令人激动的事。事情的来龙去脉是这样的：

当时，妈正在铺床，劳拉和卡莉正在洗盘子，她们听到小猫凄惨的叫声。原来小猫的眼睛睁开了，它正在地板上穿来穿去，追着格蕾丝拉着的小纸团跑。

"格蕾丝，小心一点！"玛丽喊道，"别伤到小猫。"

"我没伤到它。"格蕾丝急切地辩解道。

玛丽还没来得及说话，又听到小猫尖叫了一声。

"别玩了，格蕾丝！"妈从卧室里往外喊道，"你是不是踩着它了？"

"没有，妈！"格蕾丝答道。可小猫仍可怜地叫着，洗碗盆边的劳拉转过身。

"格蕾丝！你究竟对小猫做了什么？"

"我什么也没做啊！"格蕾丝很委屈，"我找不到它了。"

小猫不见了。卡莉将炉灶下面和木柴箱后面都查看了一遍。格蕾丝趴在桌子底下查看，妈在搁架底下找，劳拉去了两个卧室里找。

这时,又听到小猫凄惨地叫了一声,妈顺着声音在门背后找到了小猫。小猫正在门和墙之间,紧紧地逮着一只老鼠。老鼠非常强壮有力,个头和小猫几乎一样大,小猫摇摇晃晃地和它扭打着。老鼠也扭着身子,四处咬。每当被咬到了,小猫就会叫,可它还是紧紧地咬着老鼠的皮不放。它的小脚撑着地,牙齿紧紧地咬到老鼠松软的皮里。它的小腿非常柔弱,站都站不稳。老鼠还在不断地咬它。

妈急匆匆地举起扫把,对劳拉说:"把小猫抱起来,我来对付老鼠。"

劳拉本来想照妈的话做,但她还是忍不住插嘴:"妈,别这么做!小猫还撑得住,这是属于它的战斗。"

劳拉正准备去抱小猫时,小猫却出乎意料地跳到了老鼠身上,用两只前爪按倒老鼠,它被老鼠咬了一口,又叫了一声。紧接着,它用小牙齿朝老鼠的脖子用力地咬下去,老鼠惨叫一声后就不动了。小猫靠自己的力量杀死了它碰到的第一只老鼠。

妈说:"这肯定就是真正的猫鼠大战了。"

打败老鼠的小猫本应该在它妈妈的怀里,让它舔伤口,再骄傲地叫上几声,可现在却没有办法那样做。妈小

心地给小猫清洗了伤口，再喂了它些热牛奶，卡莉和格蕾丝温柔地抚摸着小猫的鼻子和松软的脑袋。就这样，小猫很快睡着了。格蕾丝揪着死老鼠的尾巴，将它扔得远远的。大家决定在爸回来时，告诉他这个故事。

等到爸洗漱完，梳好头，坐下来吃饭时，劳拉就向爸汇报了家里的事：她给马、艾伦和小牛都喂了水，给它们挪了桩子。这些天晚上天气都很好，用不着将它们关在牲口棚里。就让它们躺在星光下睡觉，醒来时想吃草就能吃到草。

接着，她们告诉了爸小猫的故事。

爸说他也是头一次听说这样的事。他看着小猫，小猫正竖着细尾巴，小心地走在地板上。他说："这只小猫以后一定可以变成这一带最好的捕鼠能手。"

一天过去了，大家都非常开心，全家人聚在一起，除了晚餐盘子还没洗，所有的工作都完成了。晚餐盘子就留到明天洗吧。大家吃着美味的面包和黄油、松软的乳酪、酥脆的炸土豆和洒上醋和糖的生菜叶，快乐极了。

门窗开着，整个草原都灰蒙蒙的，但天空仍然显得很苍白，星星们在空中闪闪发光。整个房间都被炉火烤得暖洋洋的，微风吹过，使房间里的空气也流动起来，草原的清香，食物、茶水以及肥皂的香味，新卧室里的木地板还

草原小镇
Little Town on the Prairie

有淡淡的木香味，一切都那么美妙。

大家都十分开心，但最令人高兴的是，大家都知道，明天和今天有相似也有点儿不同，正如今天和昨天。当爸问她愿不愿意去镇上干活儿前，劳拉并不晓得明天和今天会有什么不同。

在镇上工作

除了去旅馆里做服务员,大家都不知道小姑娘还能在镇上做什么工作。

"这是克兰西的想法。"爸说。克兰西先生是刚搬来的商人。爸正帮着他盖房子,房子盖好会用作商店。"商店差不多要盖好了,现在正往店里搬货。他的岳母也来了西部,准备做衬衣。"

"做衬衣?"妈问。

"是啊,放领地有很多单身汉,克兰西预估可以拿到这里的大部分布料生意，现在只要店里有人会做衬衣就行了。那些单身汉都还没找到可以给他们做衣服的女人。"

"这的确是个好主意。"妈承认道。

"当然啦！克兰西太厉害了。"爸说，"他有一台做衬衣的缝纫机。"

妈的兴趣来了："缝纫机？是不是和我们在《大西洋》杂志上的照片里看到一样？那要怎么用？"

爸回答说："很简单，只要你用脚踩着踏板，轮子就会转动，针就会上下摆动。针下面有个缠满线的装置。克兰西演示过给我们看，那台机器缝起布来快得像闪电一样，缝出来的线十分整齐，又很平顺。"

"一台缝纫机要多少钱？"妈问。

"对普通人来说，是非常贵的，"爸说，"但克兰西准备用来做投资，这些钱他会赚回来的。"

"这是肯定的。"妈说。劳拉知道妈是在考虑那台机器可以节省多少劳力，但就算家里买得起，只是用来给家里人缝缝衣服的话，也太过奢侈了。妈又问道："克兰西是不是想让劳拉学习用那台机器？"

劳拉严肃起来。那机器实在太贵了，如果用坏了，她负不起责任啊。

"不是，怀特太太知道怎么用。"爸说，"她想找一个手巧的小姑娘帮忙。"

爸对劳拉说："她问我认不认识这样的女孩子。我跟她说你很优秀，她希望你能过去帮忙。克兰西的订单已经很多了，怀特太太一个人忙不过来。她说只要勤快点，她每天可以付两毛五分钱，还包顿午饭。"

劳拉迅速地心算起来。这样算一周差不多能挣一块五，每个月可以挣六块多钱。如果她够勤快，也许整个夏天怀特太太都会让她在那儿干活。这样她就能挣到十五块，甚至二十块钱，然后她就可以供玛丽上学了。

一想到周围都是陌生人，劳拉就不想去镇上工作，但她不能拒绝这个机会，可以挣到十五块，甚至二十块钱呢。她咽了咽口水问："我可以去吗，妈？"

妈叹了口气说："我不太想让你去，不过还好你爸也在镇上，你不是一个人。如果你想去，就去吧。"

"可是，我——我不想把所有的家务活都留给你一个人做。"劳拉结结巴巴地说。

卡莉积极地自告奋勇，说自己能帮忙。她可以铺床、打扫，还会洗盘子、给菜地除草。妈说玛丽也很擅长家里的事，更何况现在牲口都拴在屋外，晚上的家务活也不多。她说："我们会很想你的，劳拉，但我们绝对忙得过来。"

第二天一早，时间就没那么充裕了。劳拉打了水，给艾伦挤了奶，急匆匆地洗脸梳头，把辫子扎好盘起来。她换上了最新的印花布裙子、袜子和鞋子，拿着一条刚刚熨好的围裙，将顶针包起来。

早饭劳拉很没胃口，她吃过早饭就系上遮阳帽，跟着爸快速地离开了。他们得在七点赶到镇上工作。

这个早晨很美丽，空气非常清新。云雀唱着歌，一群大鸟垂着长长的腿，从大沼泽飞向天空，它们的脖子伸得很长，急促地叫着。一切都让人充满活力，可爸和劳拉一心赶路，根本无暇欣赏路上的美景。他们在和太阳赛跑。

太阳不费吹灰之力就爬上了天空，劳拉和爸也用最快的速度赶着路，沿着草原小路向北，再沿着大街向南走。

小镇的变化非常大，跟以前相比就像一个新地方。大街西侧的两个街区矗立起了许多全新的黄松木房屋，房屋前有一条崭新的木板人行道。时间已经不允许爸和劳拉跨过街道走到人行道上了。他们匆匆忙忙地沿着马路另一边狭长的小路走着。

路这边的街区仍然空荡荡的，那儿有片草原，一直蔓延到大街和第二街的拐角处，爸的马厩和小屋就坐落在那儿。在第二街的另一边拐角处，矗立着一座新建筑物的墙柱。再往前走一点，穿过一些空地后，就到了克兰西的新店铺。

铺子里的东西都是全新的，带着一股松木刨花的味道。屋子里还留着浆洗过的新布料淡淡的余味。一个长长的架子摆在两个长柜台和两堵墙之间。架子上堆着各色各样的布料，一直堆到了天花板，有整匹的平纹细布、花布、印花丝毛料、羊毛呢、细麻布、法兰绒，甚至还有丝绸。

劳拉是头一次见到只卖布的店，这里只有布，没有杂货、五金、鞋子或工具。

劳拉的右手边是一个玻璃做成的矮柜台，里面放着各种各样的扣子、缝衣针和别针。矮柜台旁边的一个柜台上有一个架子，里面放满了各种颜色的线轴。阳光透过窗户照到这些彩线上，五光十色，十分漂亮。

窗户旁边还有一个柜台，缝纫机就摆在柜台后面。缝纫机上的镀镍部件和长缝针闪闪发亮，抛光的木头也很亮。缝纫机的黑色细轴上套着一卷白线套。它太贵了，劳拉是不敢碰它的。

草原小镇
Little Town on the Prairie

克兰西先生正在为两个穿着很脏的衬衣的顾客展示花布。一个头发往后梳得很光亮的女人，正用别针把报纸剪成的图样和缝纫机旁柜台上的花布别在一起。爸把帽子摘下来，向她道早安。

爸对她说："怀特太太，这是劳拉，我的女儿。"

怀特太太取出嘴里衔着的别针，对劳拉说："希望你是个手脚麻利的裁缝。你知道怎么用长针脚缝斜边、开扣眼吗？"

"知道的，太太。"劳拉说。

"太好了！你把太阳帽挂在那颗钉子上，就可以开始干活了。"怀特太太说。

爸冲劳拉笑了笑，就离开了。

劳拉努力消除自己的紧张。她把太阳帽挂好，系上围裙，戴上顶针。怀特太太递了一件衬衣的布片给她，让她用长针脚虚缝起来，还给她安排了座位，让她坐在窗前靠近缝纫机的那把椅子上。

劳拉很迅速地把靠背椅子朝后拉一点，这样她就可以用缝纫机挡住自己，不让街上的人看见自己了。她快速地缝起来，埋头苦干。

怀特太太什么话也没说，她快速地把样片放在布上，拿着一把长剪刀依着样片剪出衬衣布片。劳拉缝好一件

衬衣，就递给怀特太太，再从她手上接过下一件衬衣。

过了一会，怀特太太又坐在缝纫机前。她用手转动缝纫机轮，把脚踩在下面的踏板上，轮子就飞快地转动起来。劳拉的耳边充斥着缝纫机的声音，就好像一只巨大的黄蜂不停地在耳边飞。轮子转得太快了，缝衣针看过去成了一道银光。怀特太太的胖手按着布料，飞快地将布往缝衣针下放。

劳拉用最快的速度沿着缝口缝针。每缝好一件，她就放在怀特太太左手边的衣服堆里，接着又从柜台上拿起下一件，缝了起来。怀特太太也一样，在缝纫机上缝好一件衣服后，她就把衣服放在右手边的衣服堆里，然后从左手边的衣服堆里拿起一件已经虚缝好的衬衣，缝起来。

很快，衬衣就一件一件地做好了。从柜台到劳拉手中，再到半成品堆，接着到怀特太太的手里，用缝纫机缝完，就成了成品。这就和在大草原上修铁路一样，是个循环系统。只不过，这儿只有劳拉的手在动，她用最快的速度缝针。

慢慢的，劳拉的肩膀、脖子都开始酸疼起来。她的胸口很闷，双腿沉重而又乏力，剧烈的轰鸣声回荡在脑海中。

忽然，机器停下来了，四周恢复了安静。怀特太太说道："好啦！"她终于把所有半成品缝完了。

劳拉还有一只袖子没缝，袖口和腋下的线也还没虚缝好，柜台上还有一件衬衣的布片等着她呢。

"那件我来缝好了，"怀特太太一把抓起布片说，"我们已经落后了。"

"好的，太太。"劳拉说。她希望自己能再快点，但她已经尽力了。

一个个子很高的男人站在门口，往里瞧。他的头发很乱，下巴有许多红色的短胡碴。他问："克兰西，我的衬衣做得怎么样了？"

"下午就会做好了。"克兰西先生回答说。

高个子离开后，克兰西先生问怀特太太那个人的衬衣什么时候能做好，怀特太太说她已经搞不清是哪件衬衣了。克兰西先生听了十分生气。

劳拉缩在椅子上，努力尽最快的速度缝衣服。克兰西先生随手从衣服堆里抓了几件衬衣，砸在怀特太太身上，不停地咒骂，还让她在吃饭前缝好所有的衬衣，要不然他就得查清楚为什么速度这么慢。

"你最好别催我！"怀特太太大声叫道，"不管是你还是这个屋子里的爱尔兰人都不能这么对我！"

克兰西先生又说了什么，劳拉几乎一句也没听进去。她想找个地方躲起来，但怀特太太叫她一块吃饭。她们往店后面的厨房走去，克兰西先生生气地跟在她们身后。

厨房里面非常热，十分拥挤，还很嘈杂。一起吃饭的还有三个小姑娘和一个男孩子。克兰西太太将饭菜摆到桌上，孩子们就互相推来推去，要把对方挤下去。三个大人：克兰西先生、克兰西太太和怀特太太都扯着嗓子吵了一会，才坐下来尽情地吃了起来。劳拉都搞不清楚他们在吵什么。她不知道克兰西先生究竟是在和他的太太吵，还是在跟丈母娘吵，也弄不明白是两个女的和克兰西先生吵还是互相争吵。

他们看起来十分生气，劳拉害怕他们会打起架来。可克兰西先生说"给我递块面包"或者"帮忙把杯子加满"时，克兰西太太也会帮他做，但他们接着又互相骂起来。几个孩子一点也不在意。劳拉有些难过，她吃不下东西，只想尽快离开，回去工作。克兰西先生愉快地吹着口哨走出厨房，就好像刚刚和家人吃了一顿很温馨的午餐。他开心地问怀特太太："这些衬衣还要多长时间能做完？"

"两个小时内肯定做好，"怀特太太向他保证，"我们俩都很努力。"

草原小镇
Little Town on the Prairie

这时劳拉想起了妈的话:"这个世界是由不同的人组成的。"

接下来,两个小时之内她们做了四件衬衣。劳拉认真地缝好领子,又仔细地将领子缝到衬衣上。怀特太太用缝纫机缝好衣服,给袖子缝上袖口,又缝好衬衣周围的窄褶边,紧接着她又缝好前襟和袖口开口处。所有的小纽扣都被缝得牢牢的,还要开纽扣眼儿。

开纽扣眼儿并不容易。纽扣间得保持相同的间距,扣眼还得开成相同的大小,如果不够小心,扣眼很容易就剪大了。要是有一根线没剪断,扣眼又会显得很小。

劳拉剪好所有的扣眼后,又飞快地缝好扣眼。她用小结针法,按照相同的长度紧紧地缝好缝线。尽管劳拉不喜欢锁扣眼,但她还是学得很快。怀特太太能看出劳拉的努力,她说:"锁扣眼,我比不上你。"

四件衬衣做完后,工作时间只剩下三个多小时。怀特太太又裁了几件衬衣。

劳拉接着缝衬衣。

劳拉头一次一动不动地坐这么长时间。她的肩膀、脖子都很酸痛,手指被针扎了,眼睛很烫,视线模糊不清。有两次她只得拆掉线,重新缝。爸来的时候,她很高兴地站了起来,终于下班啦!

他们开心地往家里走。太阳下山了,一天就这样过去了。

"头一天工作的感觉怎么样,小家伙?"爸问道,"有把握做好吗?"

"感觉不错,"劳拉说,"怀特太太夸我扣眼开得不错。"

玫瑰盛开的季节

　　六月是灿烂的季节，野玫瑰点缀着草丛，绽放出绚烂的粉色。但整整一个月，劳拉都在缝衬衣。她只有在清晨和爸一块儿赶去镇里的路上才能看上几眼草丛里的花。

　　早上，天空的颜色更加清澈，几朵云朵飘过，微风吹来，带来路边的玫瑰花香，一路上都是刚刚盛开的花朵，花朵的金色花蕊向上张着，像充满生气的可爱小脸蛋。

　　劳拉可以想象得到，中午，雪白的云朵会飘过湛蓝的天空，云影从摇曳的草和灿烂的玫瑰上一掠而过。可她只

能待在嘈杂的厨房里。

当晚上她回家时，早晨的玫瑰已经凋谢了，花瓣在风中飘着洒向大地。

她已经长大了，不该贪玩了。劳拉很开心，因为她可以赚到不少钱。每个礼拜六晚上，怀特太太就会付给她一块五的工钱，一回家她就会将钱上缴给妈。

"劳拉，你应该自己存点钱。"妈有一次说，"我不想拿走你全部的钱。"

"妈，我存钱也没用，"劳拉说，"我什么也不需要。"

她的鞋子还穿得很舒服，袜子、内衣和花布裙子都是崭新的。每个礼拜劳拉都期待着发工资那天的到来，这样她就可以拿钱回去交给妈。她常常想，这仅仅只是开始而已。

劳拉现在十四岁。如果她能够努力学习，再过两年，就可以拿到教师资格证了，然后就可以去学校教书，报答父母的养育之恩，玛丽也可以去上学了。

劳拉有时想问问妈，能不能现在就让玛丽去盲人学校上学，她赚了钱就可以供玛丽继续念书了。但她担心妈觉得不现实，就一直没说。

怀揣着让玛丽上学的愿望，她每天坚持开开心心地去镇上工作、赚钱。她知道妈一直在拼命省钱，如果可以，爸妈肯定会送玛丽去念书。

　　小镇似乎是美丽大草原上的一个伤口。镇上马厩四周的旧干草堆和肥料堆都在腐烂。店铺前面很新，但背后却十分粗糙。街上的草东倒西歪，尘土在建筑物之间飞扬。到处都弥漫着腐败的味道、漫天尘土、呛人的烟和煮饭的油烟味。酒吧里很阴冷，洗碗水泼在后门外的地上，酸臭难闻。不过如果在镇上待一会儿，这些味道就闻不到了。其实看到陌生人在街上走来走去还挺有趣的。

　　劳拉去年冬天在镇上认识的男孩和女孩已经搬到放领地上去了。店主一整天都待在镇上，白天做生意，晚上睡在店后面的房间里。但整个夏天他们的老婆和孩子们一直都在大草原的放领地上。法律规定，如果想拥有一块放领地，必须持续五年，每年在放领地上住六个月，并开垦十英亩草地，并种上庄稼。满足了这些要求，才能得到这块地的所有权。但是没人能一直在荒凉的土地上生活，于是整个夏天妇女和女孩们都待在放领地上，男孩子们则开荒种地，而他们的父亲负责去建造城镇，尽力去挣钱买从东部运来的粮食和工具。

　　对小镇的了解越多，劳拉就越觉得自己家富有。因为爸提前一年已经开始准备了，他去年就开了荒地。现在他们家有菜地、燕麦地、玉米地，庄稼长得都很好。

整个冬天，牲口都能吃到干草，爸还用卖玉米和燕麦的钱买来木炭。新移民现在开始做的这些事情，爸在一年前已经做好了。

当劳拉抬起头时，就几乎能看到整个小镇，因为大部分房子都建在街对面的两个街区里面。所有的房子前都立了一座高低不齐的装饰墙，让房子看起来有两层楼高。但只有街尽头的米德旅馆、劳拉对面的毕兹利旅馆、靠近下一个街区正中央的汉姆家具店是真的有两层楼。这些店铺楼上挂着的窗帘随风摆动，似乎在炫耀只有它们才是货真价实的二层楼房，其他都是假的。

镇上所有的房子都是用松木建的，时间一长颜色就变灰了。每栋楼前都有两扇很高的玻璃窗，两扇窗之间是扇门。

当天气很暖和时，门都开着。门外面有一道纱门，是用粉色的纱帘钉在木框上，挡蚊子的。

一条平坦的步行路从房子前面延伸开来，步行路旁边有一排拴马桩。这儿总拴着几匹马，有时候还能看到一辆马车或牛车停在那儿。

有时劳拉咬断线头时，会看到一个男人穿过步行道，解开马并跃上去，离开。有时她会听到马车声由远而近，当声音最大时，就刚好能看见马车经过。

草原小镇
Little Town on the Prairie

有一天,她被一阵吵闹声吓了一跳。原来是一个高个子男人冲出布朗先生的酒馆,用力地甩身后的纱门,制造了很大的噪音。但那个男子并不罢休,他转过身,很轻蔑地瞧了一眼纱门,抬起长腿踢向粉红色的纱网。纱网一下子就破了。酒馆里传出老板的抗议声,但高个子男人并不理会,他傲慢无礼地想要离开。但是,他的面前站着一个想进酒馆的矮个男人,他俩互相堵住了对方。

高个儿傲慢无礼地站着。矮个儿也不甘示弱。酒馆老板站在门口抱怨高个儿踢坏了他的纱门,但没人理他。那两人对视着,互不相让。

突然,高个儿挽起矮个儿的胖胳臂,一块走下人行道,一边唱着:

> 划向岸边,水手,
> 划向岸边!
> 哪怕狂风呼啸——

然后,高个儿一脸严肃地抬起长腿,又狠狠地踹向霍桑先生的纱门。里面顿时传来一阵叫喊声:"喂,干吗呢?"

两人继续朝前走,唱着:

哪怕狂风呼啸，

划向岸边，水手——

他们非常自豪。高个儿的长腿迈着大步，矮个儿飞快地抬着短腿尽力跟上高个儿。

哪怕狂风呼啸——

高个儿又踹了毕兹利旅馆的纱门。毕兹利先生大声叫着冲了出来。两人继续向前走去，一边唱着：

哪怕狂风呼啸！

劳拉笑得眼泪都流了出来。这时，她看见高个儿的腿正朝巴克先生的杂货铺伸去。巴克先生立马跳起来，大声抗议。高个儿迈开了步伐，矮个儿的肥短腿仍然拼命地朝前伸，轻视地走过巴克先生，继续唱着：

划向岸边．

接下来，高个儿的脚踹了怀德兄弟饲料店的纱门。罗

草原小镇
Little Town on the Prairie

亚尔·怀德打开纱门，大声咒骂。

两个人就那样站着，挨着骂，然后停下来喘气。胖矮个儿严肃地说："我叫泰帕·普赖尔，我喝醉了。"

他们继续手挽手一边朝前走，一边唱着歌。矮胖子先唱：

我的名字叫泰帕·普赖尔——

然后两个人一起唱，像牛蛙一样：

我醉啦——

高个儿没唱"自己的名字叫泰帕·普赖尔"，但他总唱："我醉啦——"

他们到处转着又来到另一家酒馆前。酒馆的纱门"砰"的一声在他们身后关上了。吓得劳拉都不敢呼吸，不过门好好的。

劳拉被逗得不停地笑，笑得肚子都疼了。怀特太太怒骂道："肚子里不知道装了什么猫尿，这种事都干得出来，真丢人！"

"你想想看那些纱门值多少钱！"怀特太太说，"你怎

么还笑得出来。现在的年轻人都不知道生活多艰难！"

那晚，劳拉把这件事说给大家听，但没有一个人笑。

"天哪，劳拉。你怎么还能笑出来？"妈好奇地问。

"我觉得好可怕。"玛丽接着说。

爸说："高个儿男子名叫比尔·奥多德。他哥哥就是为了阻止他喝酒，才把他送到放领地来的。我们这么小的镇上竟然开了两个酒馆，也开得太多了吧！"

"可惜男人们都不会像你这么想。"妈说，"我觉得，如果酒还继续源源不断地涌进来，妇女就应该出来制止了。"

爸朝她眨了眨眼，说："我觉得这件事上你好像有说不完的话，卡洛琳。你和我妈一样，让我坚信酒是不好的。"

"也许吧，"妈说，"竟然发生了这么一件事，真是太丢脸啦。"

爸仍然眼睛一眨一眨地看着劳拉。劳拉知道尽管她为这事笑了，但爸并没有怪她。

九块钱

克兰西先生的衬衣订单已经做得差不多了,买得起衬衣的大部分男人都已经买了。一个礼拜六的晚上,怀特太太感叹道:"春天的好生意看来要结束了。"

"是的,太太。"劳拉回答道。

怀特太太又数了一块五毛钱付给劳拉,并说道:"你就工作到今天为止吧!我暂时不需要帮手了!再见。"

"再见。"劳拉说。

她一共干了六个礼拜,挣了九块钱。六个礼拜前,在

劳拉看来一块钱也是一大笔钱，但现在九块钱也算不上多。要是能再多干一个礼拜，她可以挣到十块零五毛钱，要是多干两个礼拜，她能挣到整整十二块钱呢。

这下，她又可以在家帮妈做家务了，还可以去菜地干活儿，陪玛丽散步、采野花，然后晚上等爸回家。可她总觉得心里空荡荡的，不是滋味。

劳拉慢慢地沿着大街旁的小路走。爸在第二街拐角处工作。他在一堆木瓦旁等她。一看见她爸就叫起来："快来看，给你妈带回去！"

木片瓦的阴影里有一个篮子，上面盖着个谷物口袋。袋子底下是许多小爪子，还能听到"唧唧"的叫声，是小鸡崽！

"这是今天波斯特带来的，"爸说，"一共十四只，都很健康。"爸很开心，希望妈也会高兴。

爸对劳拉说："篮子不算重，我们俩各抓一边，让篮子保持平稳。"

他们走下大街，小心谨慎地提着篮子往家走去。夕阳的余晖把天际染成了深红色和金黄色，东边的银湖红得像着了火一样。小鸡好奇而焦虑地从篮子里伸出头来，唧唧地叫着。

"爸，怀特太太辞掉我了。"劳拉说。

"哦，应该是春天的好生意要结束了。"爸说。

劳拉没想到爸的工作也许也要结束了。

"爸，镇上不需要木匠了吗？"她问道。

"夏天应该不会有这样的机会了，我们还是不要抱太大的期望。"爸说，"不过，马上要开始收割干草了。"

沉默了一会，劳拉说："我只赚到九块钱，爸。"

"九块钱也是钱啊，"爸说，"况且你的表现很优秀，怀特太太很满意！"

"是的。"劳拉如实回答道。

"好，我们圆满地结束工作了。"爸说。

能挣九块钱的确让人开心，再说他们还带了小鸡给妈，这么想，劳拉觉得心里好受多了。

妈一看到小鸡，就非常高兴。卡莉和格蕾丝挤到篮子旁看小鸡。劳拉给玛丽描述小鸡的样子：它们很健康、很活泼，眼睛黑黑的，很明亮，爪子是黄色的，尖尖的。它们的绒毛已经褪了，脖子上光溜溜的，翅膀和尾巴已经长出来了。小鸡们的羽毛是各种颜色的，有些羽毛上还长着斑点。

妈小心地用围裙兜起小鸡。"这些鸡肯定不是波斯特太太从一窝蛋里孵出来的，"她说，"因为这里边顶多只有两只小公鸡。"

"波斯特夫妇养鸡养得最早了，也许他们今年夏天就能吃上炸鸡了，"爸说，"也许他们从这一窝鸡里挑出了几只小公鸡，准备养大做炸鸡。"

"是的，然后又换上了几只可以下蛋的小母鸡，"妈猜测着，"没几个女人能像波斯特太太这么大方了。"

她说着，把小鸡一只一只地从围裙上移到爸做好的鸡窝里。鸡窝前面用木条封了起来，空气和阳光可以从木条的缝隙透进去，小门上安了个木桩，可以用它闩上门。鸡窝没做地板，只是放在干净的草地上，这样小鸡就可以吃到草了。要是草地脏了乱了，可以把鸡窝移到另一块草地上去。

妈在一个旧平底锅里放了些碎麦麸，又加了点水均匀地调开，这就是小鸡的食物了。她将平底锅放进鸡窝，小鸡都围上来吃，它们津津有味地啄着碎麦麸，有时居然把自己的小爪子也当成麦麸啄几下。一旦吃饱了，它们就会站在水盆边喝水，它们尖尖的小嘴啄了水，然后把脖子伸长，仰着头，把水吞下去。

妈安排了工作。卡莉负责定时给小鸡喂食，给水盆加满新鲜的水。等卡莉放小鸡出去时，格蕾丝就要负责防着老鹰了。

吃过晚饭，妈让劳拉去查看小鸡们的安全，看看它们是不是都睡着了。星星在天空闪烁着，一轮弯月低垂在西边。在安静的夜晚，小鸡睡得很熟，它们挤在鸡窝的角落里互相取暖，呼吸声很轻。

劳拉用手轻轻地抚摸着沉睡的小鸡，然后站起来，望着夏天的夜空发呆，直到看见妈走出屋子。

"哦，原来你在这儿啊，劳拉。"妈小声地说。她也把手伸进鸡窝抚摸着小鸡，然后站起来仰望天空。

"这儿看上去有点像农场了。"妈说。黑夜里，燕麦地和玉米地显得黑乎乎的，菜地里也散着一堆黑乎乎的叶子。昏暗的星光洒在黄瓜藤和南瓜上。太黑了，几乎看不清低矮的马厩了，幸好屋子里有道温暖的黄色灯光照出来。

突然，劳拉脱口而出："妈，我希望今年秋天玛丽能去上学。"

妈很意外地说道："应该可以，你爸和我一直在商量这事。"

一时间劳拉说不出话来。她结结巴巴地问："你们对她——对她提过吗？"

"还没有，"妈说，"希望越多，失望越多。爸挣的钱再加上卖燕麦和玉米的钱，如果不出意外，玛丽应该可以去上学。不过我们必须努力让她学够七年，完成大学的学

业和技能训练。"

这下,劳拉才意识到玛丽要离开去上学了。她实在想不出如果没有玛丽,生活会变成什么样子。

"哦,我希望——"她的话头刚开,又说不出话来。她很希望能看到玛丽去上学。

"我们会想念她的。"妈说得很坚定,"但这实在是一个太好的机会了。"

"妈,我知道的。"劳拉很难过。

夜晚空荡荡的,屋子里的灯光温暖而宁静。但如果玛丽不在,家里还会像这样吗?

妈接着说:"劳拉,你赚的九块钱帮了很大的忙呢。我一直筹划着给玛丽做套衣服,有了这九块钱,就可以买布给玛丽做条最好的裙子了,说不定还能给她做顶天鹅绒帽子呢。"

七月四日

"砰!"劳拉被惊醒了。卧室黑得伸手不见五指。卡莉很害怕,她轻声问:"发生什么事了?"

"不要害怕。"劳拉说。她们认真地听了一会儿。黑暗中隐约可看到窗户,但劳拉觉得已经到午夜了。

"砰!"空气在震动。

"是大炮!"爸睡眼惺忪地叫了一声。

"发生什么了?"格蕾丝问,"爸,妈,怎么回事啊?"

卡莉问:"是谁?他们在射什么?"

"几点了？"妈问。

透过隔板，爸说："卡莉，今天是七月四日。"

空气又颤动了一下。"砰！"不是大炮，是火药在镇上的铁匠铺的铁砧下爆炸的声音。这些声音听起来就像独立日放的炮声。七月四日是独立日。"砰！"又响了一声。

"孩子们，快点起床吧。"妈喊道。

爸唱起歌来："大家看到希望了吗？"

"查尔斯！"妈抗议着，却大声笑了起来，因为现在还什么也看不见。

"不要紧张！"爸从床上跳起来，唱道：

"万岁！我们是美国人！"
万岁！万岁！
我们要唱狂欢曲！
万岁！万岁！
扬起自由的旗帜！

阳光早就洒向了晴空，它似乎也知道今天是伟大的七月四日。妈在吃早餐时说："今天应该举行一个独立纪念日野餐会。"

草原小镇
Little Town on the Prairie

"小镇也许要等到明年七月才有机会举行一次野餐了。"爸说。

"是啊,我们今年没办法做到了,"妈承认,"野餐如果没有炸鸡,太不像样了。"

早上有个兴奋的开头后,整个白天都显得很空虚。这样一个特别的日子里,却什么特别的事也没发生。

"我想好好打扮一番。"洗碗时,卡莉说。

"我也想。可穿上新衣服没什么意义啊!"劳拉答道。

劳拉要把洗碗水远远地泼到屋外时,看见爸正盯着燕麦。燕麦长得很高很密,呈现出一片灰绿色。玉米长得非常好,长长的黄绿叶子遮住了新翻过的泥地。黄瓜藤在菜地里舒展开来,大片的黄瓜叶沿着舒展开的藤蔓爬上来。豌豆苗和黄豆苗盘旋着向上爬去。胡萝卜的绿叶子已经长出来了,甜菜红茎上的深色叶子也长得很长了。樱桃早已长成了小灌木丛。小鸡们散在草丛里抢小虫吃。

如果是平常的日子,这一切令人十分满足。但今天是七月四日,应该发生点别的事情。

爸也是这么想的。但这一天除了一些杂活和家务活,他也没事做。过了一会,他走进屋里,对妈说,"今天镇上有个庆祝活动,你要去吗?"

"什么活动?"妈问。

"按常理应该是赛马,不过他们也有一个赠饮柠檬水的募捐活动。"爸答道。

"妇女们应该不会去看赛马。"妈说,"再说如果没有接到邀请,我是不会去的。"

劳拉和卡莉充满期待地站在那儿。妈又仔细想了想,摇了摇头,说:"查尔斯,你去吧,格蕾丝不能去,她会累着的。"

"还是待在家里好些。"玛丽说。

劳拉接着问道:"爸,如果你去,我和卡莉能跟着你去吗?"

爸朝劳拉和卡莉眨了眨眼,妈朝他们笑了笑,同意了。

"好吧,查尔斯,你们去走走吧。"她说,"卡莉,去地窖拿点黄油。你们快换衣服去,我好给你们做点黄油面包带着吃。"

这一天突然就变成了真正的节日了。妈做三明治,爸负责给靴子上鞋油,劳拉和卡莉则忙着换衣服。幸好,劳拉的印花布衣裙刚洗好、熨好。她和卡莉把脸、脖子和耳朵都洗得红得像苹果一样。她俩套了件衬裙在连裤内衣外,衬裙的材质是白棉布。劳拉盘好头后用发夹把头发别起来,同时在卡莉的辫子上系了做礼拜的丝带。接着劳拉穿了印花布裙,扣好背后的扣子,裙摆垂到了她的鞋面上。

"帮我扣好扣子吧。"卡莉请求劳拉的帮助。卡莉够不着自己衣服背后的两粒扣子，而且也扣反了其他的扣子。

"七月四日的庆典，你可不能把衣服穿成这样。"劳拉边说边帮卡莉解开扣子，又重新扣好。

"但如果扣子在外面，就会把我的头发钩住的，"卡莉反对道，"我的辫子总是挂在上面。"

"我知道，我的辫子也这样，"劳拉说，"但你现在只能忍一下了，当你再大些，就可以把头发盘起来了。"

接着，她们戴了太阳帽。爸拿着牛皮纸包着的三明治在等他们。妈仔细看了看她们说："你们看起来好精神。"

"能和我的两个漂亮女儿一块出门，真是我的荣幸啊。"爸说。

"你看起来也很精神啊，爸。"劳拉对爸说。他的靴子很亮，胡子非常整齐。他穿着礼拜服，还戴着宽边帽。

"我也想去！"格蕾丝吵嚷着。妈说："不行，格蕾丝。"但格蕾丝还是连着说了两三遍："我也想去！"她是个小宝宝，大家都把她宠坏了。但不能再纵容她了，爸抱着她，把她放到椅子上，说："听妈的话。"

接下来，大家神情严肃地出发了，因为他们对格蕾丝闹着要去有点不满。可她必须要学会听话。或许明年她就

能去了，要是明年还有大型庆典活动，他们可以驾车去。今天他们是步行去镇上的，家里的马系在拴马桩上吃草。镇里到处都是灰尘，并且天气很热，如果马儿整天站着，会累坏的。格蕾丝年纪太小了，来回得走好几英里路，她肯定走不动，但抱着又太沉了。

还没到镇上，他们就听到了类似爆米花的声音了。卡莉很好奇，爸说那是鞭炮的声音。

大街两边都系着马。人行道上也密密麻麻地站满了男人和男孩们，他们都紧紧地挨在一起。孩子们把鞭炮点燃，扔在街上，鞭炮就噼噼啪啪地炸开了，吓得一旁的人赶紧跳开。

"我没想到会是这样。"卡莉低语。劳拉也不喜欢。她们从未见过这么多人，并且什么都做不了，只能走过来走过去，挤在一堆陌生人当中，这让她们觉得不舒服。

她们跟着爸走过两个街区，劳拉问爸，她和卡莉能不能待在他的屋子里。爸觉得这个提议很好。她们可以待在房间里看街上的人群，而他自己还能到外面转转，吃过午饭后他们再去看赛马。于是，爸将她们带进了空房子，劳拉关上了门。

房子里响起回音，虽然是等在里面，但她们也觉得开心。她们看了看后面的空厨房，去年全家人在这里度过了漫长而艰苦的冬天。她们踮着脚上了楼，木片瓦屋檐下的卧室里非常暖和。她们从前面的窗户朝下看，拥挤的人群、尘土中乱窜乱炸的鞭炮顿时映入眼帘。

"我真希望我们也能放鞭炮。"卡莉说。

"那些都是大炮呢！"劳拉装腔作势地说，"我们现在在提康德罗加城堡，他们全是英国人和印第安人，但我们是为独立而战的美国人。"

"在提康德罗加城堡里的是英国人，而占领了那里的是绿山军。"卡莉反驳道。

"好吧，我们和丹尼尔·布恩一块进入肯塔基。肯塔基是圆木盖成的牢房。"劳拉说，"但是，最后英国人和印第安人还是抓住了他。"她只得承认。

"鞭炮得多少钱啊？"卡莉问。

"就算爸买得起，花钱制造噪音的举动也太傻了。"劳拉说，"看看那些栗色小马。我们来选出自己最喜欢的马吧，你可以先选。"

要看的还有很多，时间过得太快了，她们简直不敢相信现在已经是中午了。楼下传来了爸的靴子声。他喊道："小家伙，你们在哪儿？"

她们冲下楼去。爸玩得非常开心，眼睛里闪烁着兴奋的光芒。他叫道："你们看我带了什么好吃的！熏鲱鱼，可

063

以就着三明治吃。来，看看还有什么。"这次，他给她们展示的是一串鞭炮。

"爸！"卡莉尖叫起来，"这得花多少钱？"

"一分钱也没花。"爸说，"这是巴恩斯律师让我送你们的。"

"他干吗要送我们鞭炮？"劳拉问。她从没听说过巴恩斯律师这个人。

"我猜他大概是想从政吧。"爸说，"他这么做，是希望大家都觉得他是好人。你们想先放鞭炮还是想先吃饭？"

劳拉和卡莉都在想同一件事。她们相互看了一眼，卡莉说："爸，留着给格蕾丝吧。"

"好啊。"爸说。他将鞭炮装进口袋，打开熏鲱鱼，劳拉拿出了三明治。鲱鱼非常好吃，她们留了些准备给妈带回去。吃完三明治后，她们走到水井边喝水，爸拿着水桶提了一桶水上来。孩子们洗了手跟脸，再用爸的手帕擦干了脸和手。

要去看赛马了。大家都挤过铁路，往草原去了。那儿竖着一根大旗杆，上面挂着美国国旗。阳光十分温暖，凉风习习。

旗杆边的台子上站着一个人，在人群中异常显眼。人群里的讲话声逐渐地小了下去，他开始讲话了。

草原小镇
Little Town on the Prairie

"朋友们,"他说,"我不太擅长演讲,但今天是光荣的独立纪念日。历史上的今天,我们的先辈摆脱了欧洲的统治。那时的美国人还很少,但是他们为了摆脱殖民者的暴政,坚决与他们斗争。一小群赤脚的美国人被迫拿着武器战斗。1776年我们打败了英国人,1812年我们又再次战胜了他们。二十年前,我们在墨西哥把欧洲的国王赶跑了,将他们赶出了这块大陆,我们何其光荣啊!是的,国旗就飘扬在我们头上。无论什么时候,只要欧洲人再踏上美国的国土,我们就一定再次赶走他们!"

"万岁!万岁!"大家全都在欢呼。劳拉、卡莉和爸也大叫起来:"万岁!万岁!"

"我们今天在这里,"那人接着讲,"每个人都可以成为自由独立的公民。这是唯一一个让大家全都能得到自由和独立的国家。今天是七月四日,我们理应拥有更大更好的庆典。但今年没办法,因为我们中大部分人在这儿都要靠自己谋求发展。等到明年,或许我们中的一些人会先富有起来,他们就可以捐些钱搞一次真正热闹的独立日庆典了。这个特别的日子里,得派个人诵读《独立宣言》,看来大家选中我了,因此,请诸位脱帽,我准备诵读《独立宣言》了。"

劳拉和卡莉也会背诵《独立宣言》。此刻,她们手拉

着手站在庆典现场听别人宣读《独立宣言》，心里感觉特别庄严和光荣。星条旗飘扬在晴朗的天空，那人还未念出口，劳拉和卡莉就已经在心中默念了：

在人类的发展的过程中，当一个民族必须要解除他和另一个民族之间的政治关系，并依照自然法则和上帝的意旨，在世界各国之间，接受独立、平等的地位时，出于对人类舆论的尊重，一定要宣布他们独立的原因。

我们认为这些真理是毋庸置疑的：人人生而平等，造物者赋予他们若干不可剥夺的权利，其中包括生命权、自由权和追求幸福的权利。

接下来是控诉国王宗宗罪行的内容：

他力图抑制各州人口的增长。

他拒绝批准建立司法权。

他迫使法官受他的支配。

他滥设官署，派了很多官员来骚扰民众，掠夺财物。

他掠夺了我们的领土，烧毁城镇，残害生命。

他正在运送外国士兵，来执行制造死亡和暴政的勾当，其残忍与野蛮时代极为相似，他不配当一个文明国家的领袖……

因此，我们在议会上集会的美利坚合众国的代表们，以各殖民地人民的名义，向世界最高裁判者宣布：

我们这些联合起来的殖民地现在是，而且按公理也应该是独立自由的国家。我们没有效忠英国王室的义务，我们与大不列颠王国之间一切政治的联系全部断绝，而且必须断绝。作为独立自由的国家，我们有权宣战……

为了支持宣言，我们坚定地信赖神明的保护。我们以生命、财产和神圣的名誉共同宣誓。

大家都没有欢呼。这一刻本该说"阿门"，可谁也不知道究竟该做些什么。

接着，爸唱起歌来。那一刹那，全部人都在唱：

向祖国致敬！

可爱自由的国度，

我为您歌唱……

愿自由的圣光，

永照我的祖国，

伟大的上帝，请保佑我们。

人群都散去了，劳拉还站在那儿。突然，她产生了一个新的想法。《独立宣言》和这首歌停留在她的脑子里，她觉得，上帝应该就是美国的国王。

她想，无论是哪一个国王，美国都不会听从他的指令。美国人是自由的。这表明着他们只服从自己的意愿。比如爸，他是自己的主人，没有国王可以对他发号施令。她想，等自己再长大一点，爸和妈就不会再指挥我该干吗了，没人可以指挥我。我必须要自己管好自己。

她的脑子瞬间豁然开朗了，原来这就是自由的含义。这意味着你必须得做个好人。"我们的上帝，自由的缔造者"，自然法则和自然之神赋予你生存的权利，你就得维护上帝的法则，因为只有上帝法则才能赋予你自由的权利。

劳拉没时间再深想了。卡莉奇怪她为什么站着一动不动。爸说："来这边，姑娘们！这儿可以喝到免费的柠檬水！"

旗杆边的草地上放着些木桶。有几个男人正挨个用长勺舀水喝。大家喝完后就将长勺递给下一个人，然后走向赛道上的马和马车。

劳拉和卡莉都有些犹豫，拿着长勺的男子看到她们后，就将长勺递给了爸。他从桶里舀了一勺柠檬水，递给了卡莉。桶里几乎都满了，上面漂着许多柠檬片。

"我看到他们往水中放了很多柠檬，味道应该很不错。"爸说。卡莉慢慢地喝着，她可爱的眼睛睁得圆圆的，闪闪发光，这是她第一次喝到柠檬水。

"他们刚刚调好的，"一个男子跟爸说，"水是从旅馆的水井里打上来的，非常清澈。"

另一个男人说："还说不定呢，这得看他们往水里加了多少糖。"

爸又舀了一勺柠檬水递给劳拉。劳拉曾在内莉·奥利森的家庭聚会上喝过柠檬水，那时她还是个住在明尼苏达的小女孩。这个柠檬水的味道真好。她喝光了之后，跟爸道了谢，要是想再多喝一点就显得特别没礼貌了。

爸喝完柠檬水后，领着劳拉和卡莉穿过被踩得七零八落的草地，来到赛道边。一大圈草皮已经被翻起来运走了。犁和犁刀翻起了草皮，将草皮底下的黑土整得又光滑又平整。赛道中间和周围的大草原上都摇曳着野草，只有被人车践踏的草地除外。

"嗨，波斯特！"爸喊道。只见波斯特先生从人群挤了过来。他是踩着点来镇上看比赛的，而波斯特太太跟妈一样，更愿意留在家里。

赛道来了四匹小马。两匹栗色、一匹灰色、一匹黑色。赛马的男孩子们让马笔直地排成一列。

"要是打赌，你觉得哪匹马会赢？"波斯特先生问。

"黑的那匹！"劳拉说得很大声。小黑马的毛皮在阳光下的照耀下，黑得发亮，它那长长的鬃毛和尾巴在微风中顺滑得像丝一样。它抬起修长的头，优雅地踢了踢前蹄。

"跑！"一声令下，全部小马都跑了出去。人群欢呼起来，小黑马压低身子，飞快地跑着，将其他小马都远远地甩在后面，扬起的尘土遮住了小马飞奔的身影。马儿们用力在赛道上跑着。灰色的小马慢慢地加速，赶了上来，跟黑色小马齐头并进，然后又稍稍领先，人群里又一次爆发出欢呼声来。劳拉还是希望黑马能赢。只见它使出浑身力气奔跑，慢慢地一点点赶上灰马。它的头越过灰马的脖子，尽了最大努力伸向前方的鼻子几乎和灰马在一条水平线上了。忽然四匹小马从赛道那头冲了过来，尘土飞扬，它们跑得越来越近，身影越来越大。白鼻子栗色小马飞快地冲过来，超越了黑马和灰马，最后，它在观众的一片欢呼声中，冲过了终点。

"劳拉，如果你赌那匹黑马赢，你就输了。"爸说。

"可它是最漂亮的。"劳拉回答。她第一次如此兴奋。卡莉的眼睛也闪着亮光，脸颊激动得红彤彤的，她的辫子和一粒扣子勾在了一起，但她毫不在意地一把扯松了辫子。

"爸，还有比赛吗？"卡莉叫道。又开始开玩笑："劳拉，这次你觉得哪一组会赢？"

一对栗色的马拉着一辆轻便马车穿过人群，上了赛道。这两匹栗色马配合得十分默契，步履轻盈，就像根本没拉车一样。紧接着，其他马车也驶上了赛道。但劳拉几乎没心思看他们，因为她认出了那对棕色马。它们那扬着的高傲的头，拱起的脖子，闪闪发亮的肩胛，飞扬的黑色鬃毛，敏锐、明亮，但又无比温柔的眼睛……她不会认错的！

"瞧，卡莉，那是棕色的莫干马！"她喊起来。

"那是阿曼乐·怀德的马车，"爸解释道，又接着问，"波斯特，他的马套着的是什么啊？"

阿曼乐坐在马车上，把帽子往脑后推，露出振奋而自信的神情。

他驾着马车排到起跑线前面。大家能看到他坐着的又

长、又高、又重的马车高座的侧面，还有一道门。

"那是他哥哥罗亚尔的篷车。"旁边有人说。

"他的车身太重了，没机会赢了。"另一个说。大家都看着这两匹莫干马和它身后的那辆大篷车，开始议论起来。

"外面那匹名叫'王子'，去年冬天，阿曼乐驾着它和凯普·加兰一共跑了四十英里，为我们运来了小麦，我们这才没饿死的。"爸对波斯特先生说，"另外那匹名叫'淑女'，就是上次那匹跟着羚羊群跑掉的马。它们的动作都非常敏捷，跑得特别快。"

"我也看出来了。"波斯特先生赞同地说，"没有马能拉着那么重的篷车赢山姆·欧文那辆轻便马车。这个小伙子应该随便从什么地方弄一辆马车来。"

"他是个很特立独行的年轻人，"有人说，"他宁愿驾着自己的篷车输掉比赛，也不愿意借别人的马车赢比赛。"

"太糟糕了，他居然没有一辆马车。"波斯特先生说。

所有的参赛马匹中，最漂亮的马就是那两匹棕色马了。它们好像一点也不在乎身后沉重的篷车，它们甩了甩头，竖起了耳朵，扬起腿，就好像地面根本不值得它们踩一样。

真是太可惜了，这样的比赛不公平，劳拉心里想着。

草原小镇
Little Town on the Prairie

她紧握双手，非常希望这两匹漂亮神气的马儿可以得到一个公平比赛的机会。要是拉着那辆笨重的篷车，它们可没法赢。她叫出声："啊，这太不公平了！"

比赛开始了。栗色马跑得非常快，很快超过其他的马。马蹄翻飞着，车轮飞快地转动着，就好像所有东西都离开了地面。劳拉看到一辆辆单座轻便马车飞快地从她面前跑过，连拉双座马车的马都没有，只有跑在最后面的那两匹漂亮的棕色马，拉着又笨又重的篷车。

"它们要算全国最好的一对马了，"劳拉听到有人说，"但可惜这次没机会证明了。"

"是啊，"另一个应和道，"那辆篷车实在太重了，它们没办法拉着它获胜。"

可它们还是拉着篷车大步奔跑，八只棕色的蹄子不停地向前奔跑。尘土飞扬起来，挡住了它们。它们冲出了尘土，朝着赛道的终点冲刺。其他的马也开始加速。天啊！很快，它们就追上了三辆马车！现在，在它们前面的只有那对栗色马了。

"加油！赢啦！"劳拉为那两匹棕色马呐喊。她好希望它们可以跑得再快一点，她甚至希望自己可以拉着它们跑。

它们要转弯了。转弯之后，就要冲向终点。栗色马还

在前面，莫干马必输无疑了。篷车实在是太重啦，可劳拉还是全力地在为它们加油："加油，加油，再快一点。"

阿曼乐坐在座位上，身体朝前倾，似乎对马说了些什么。两匹马似乎都"听懂"了他的话，跑得越来越快。它们的头慢慢地接近欧文先生，马蹄跑得非常快，棕色的马头也缓慢地朝前方伸去，现在，它们和栗色马并驾齐驱了。四匹马并排着往前冲，越来越快。

"很难断定谁胜谁负啊。"一个人说。

欧文先生猛地抽了马一鞭子。他边狂叫，边"嗖嗖"地又抽了两鞭子。栗色马继续朝前飞奔。阿曼乐没用鞭子，而是身子朝前倾，轻轻地抖了下缰绳，似乎又说了些什么，那两匹棕色莫干马瞬间就超过了栗色马，冲过了终点。它们赢了！

人们大叫起来。他们围住了两匹棕色马和坐在高高的篷车上的阿曼乐。劳拉发觉自己一直都在屏住呼吸，她的膝盖微微地抖着。她想放声大叫、大笑、大哭，总之，她很想坐下来歇会儿。

"它们赢啦！它们赢啦！"卡莉不停地拍着手激动地说。劳拉却一句话也没说。

"他赚了五块钱。"波斯特先生说。

"咦？"卡莉觉得疑惑。

草原小镇
Little Town on the Prairie

"镇里的一些人凑了五块钱,打算奖给得胜的马车,"爸解释道,"阿曼乐·怀德胜出了。"

劳拉真希望自己从未听过这句话,要是这两匹马是为了五块钱奖金来参赛的,她会觉得难受。

"那是他应得的,"爸说,"那个年轻人的技术真不错。"

比赛结束后,他们除了站着听别人说了会儿话,就没事可做了。桶里的柠檬水已经快被喝完了。波斯特先生舀了一勺,递给了劳拉和卡莉,她们分着喝完了水。柠檬水比之前的还甜,但已经不怎么凉了。全部马和马车都离开了。爸从逐渐散开的人群中走过来对卡莉和劳拉说:"该回家了。"

波斯特先生陪着他们走在大街上。爸对他说:"阿曼乐有个姐姐,是东部的明尼苏达的老师。镇西边一英里外,她有一块放领地。她让阿曼乐来问问明年冬天能不能来这里的学校教书。我让他请他姐姐递一份申请书给学校董事会。在这里大家都是平等的,我觉得他姐姐可以胜任这份工作。"

劳拉和卡莉相互看了一眼,爸是学校董事会的成员,其他的董事会成员也肯定这么想。劳拉心想:要是我是个好学生,要是她喜欢我,或许她会带我坐一下这两匹漂亮的马儿拉的马车。

乌　鸦

　　八月太热了，劳拉和玛丽把散步的时间改成了清晨日出前和黄昏日落后。这两个时刻空气比较清新，气温也不是很高，很舒适。每次散步，劳拉都觉得这将是她们最后一次一起散步了，因为再过一段时间玛丽就要去上学了。

　　秋天，玛丽要去上学了。大家一直期盼这一天的来临，可玛丽却真的要走了。他们从没去过盲人学校，没办法想象学校的情况。幸好今年春天爸挣了差不多一百块钱，燕麦和玉米也长得很好，于是，玛丽终于可以去

草原小镇
Little Town on the Prairie

上学啦。

一天早上,当她们散步回时,劳拉看到玛丽裙子上粘着一些草。她想扯下它们,但发现它们粘得很牢。

"妈!"她叫道,"这些草长得很奇怪,你快来看看。"妈也是第一次见到这样的草。草的顶端长得跟大麦的芒刺有点像,只不过尖头有些扭曲,里边有个长一寸多的种子荚,荚壳的一端很尖,茎梗上满是硬硬的倒刺,尖头像针一样扎在玛丽的裙子上,连带倒刺也钻进了衣服,很难拔出来。玛丽的衣服上还扎着一个长四英寸的螺旋状芒刺。

"是什么东西在扎我!"玛丽叫起来。原来是一根芒刺扎在她的鞋子上方,刺破了袜子,扎到她的肉里。

"很奇怪,"妈说,"以后在放领地上,我们还会遇到什么事呢?"

中午爸回来时,她们把怪草拿给他看。他说这种草名叫西班牙针叶草,如果被牛马吃了,嘴唇和舌头会被割断。它也会穿过绵羊厚厚的毛,扎到它们的身体里,甚至刺死它们。

"你们是在哪里发现这些草的?"他问。劳拉说她也不知道,爸听了很高兴。他说:"这说明这种草现在还不多。这种草会一片片地长,然后蔓延开。你们到底去哪里

散步了？"

劳拉告诉了爸。他打算认真考察一下这些地方。"有的人说要放火烧掉它们，"他对大家说，"我现在就去烧掉这些草种，等明年春天时再看看有没有漏掉的。只要它一长出来，我就烧掉它。"

晚饭是刚种出来的马铃薯、奶油拌青豆、青洋葱和煮黄豆。每个盘子上都放着一个小盘子，里面装满了蘸糖和奶油吃的番茄片。

"今天的晚餐可真丰盛啊。"爸说着又给自己添了点马铃薯和青豆。

"是啊，"妈开心地说，"现在我们可以随便吃个够，把去年冬天没吃到的都补回来。"

妈很骄傲，因为这片菜地里的东西都长得很好。"小黄瓜长得很密，密密麻麻地挂在黄瓜藤下面，马铃薯的叶子也很茂盛。明天我要腌黄瓜啦！"

"如果一切都顺利，今年冬天就会有许多马铃薯啦！"爸非常开心。

"不用过多久，我们也能吃到烤玉米啦，"妈说，"今天早上我看到一些玉米穗的颜色已经开始变深了。"

"我还是头一次见到这么好的玉米，"爸说，"好好期待吧。"

"可燕麦……"爸没说完,妈就问到:"燕麦怎么了,查尔斯?"

"很多燕麦都被乌鸦吃掉了。"爸说,"我才刚堆好燕麦,很多乌鸦就落在上面,吃掉了燕麦粒儿,现在燕麦只剩一点杆子了。"

妈脸上的笑容顿时消失了,但爸接着说:"不过不用担心,燕麦秆的收成十分好,只要我收获完所有的燕麦,就会拿枪打掉这些乌鸦。"

那天下午,劳拉抬头穿针时,看到草原上升起了一缕伴着热气的青烟。原来是爸放下燕麦地里的活,抽空去放火烧了西班牙针叶草地。

"现在的草原看起来好美丽好温顺啊!"劳拉说,"我很好奇接下来会发生什么事,看来我们必须一直与它斗争下去。"

"人生就是一个战场,"妈说,"你要应付的事情有很多,越早做好准备,你就越有优势,也越能心存感激。玛丽,快来试试你的紧身上衣。"

她们正在给玛丽做最合身的冬装。阳光照着薄木墙和屋顶,将房间烤得火热。一堆开司米羊绒堆在妈的腿上,她很紧张这条裙子。她还先做了套夏天的裙子看样式。

她先照着裁缝的纸板样,依着报纸上的样式剪出纸

样。纸板上有不同尺寸的线条和数字。麻烦的是那上面的尺寸和家里所有人都不吻合。量完玛丽的尺寸后,妈在纸板上写下了袖子、裙子和紧身上衣的所有尺寸,接着剪出纸样,再剪出衬里的纸样然后虚缝好,接着让玛丽试穿,再沿着接缝不断修改调整。

　　妈其实非常讨厌缝衣服,但劳拉一点也看不出来。妈的脸色很温柔,没有一丝不耐烦的模样,就连声音也听不出厌烦的感觉。不过劳拉知道妈其实和自己一样,非常讨厌缝衣服。

　　她们也有点担心。因为她们买布料时,听怀特太太说现在流行套撑环的裙子,这是她住在爱荷华州的姐姐告诉她的,但在镇里是买不到撑环的。幸好克兰西先生正打算买一些回来。

　　"其实我也不知道该怎么做。"这种有撑环的裙子让妈伤透了脑筋。去年波斯特太太买了一本名叫《高德妇女持家指南》的书,要是妈手上也有一本,问题就迎刃而解了。可爸要收割燕麦和干草,而且每个礼拜天大家都很疲惫,根本没办法长途跋涉到波斯特太太的领地去。后来,爸说他礼拜六在镇上见到了波斯特先生,他从他那儿打听到波斯特太太也没有这本书。

　　"那我们把裙子做得大一点吧,这样就算又流行撑环裙了，玛丽也可以在爱荷华买撑环，"妈马上决定下来，"况且，她的衬裙也能完全撑开裙子。"

就这样，经过劳拉和妈的努力，玛丽有了四条新衬裙，其中有两条是用没漂洗过的棉布做的，有一条棉布是漂白过的，还有一条是由细亚麻布做成的。那条细亚麻布衬裙的裙摆上，缝着六码长的针织花边，那是劳拉送给玛丽的圣诞礼物。

她们还给玛丽做了两条灰色法兰绒衬裙以及三条红色法兰绒连裤内衣。劳拉用亮红色的线在衬裙缝边上缝了一排钩边，灰色的法兰绒霎时显得十分鲜亮。她还用倒针法缝了一遍衬裙和红色连裤内衣的所有边缘，再用钩针法和蓝线修饰了一番领子周围和长袖的袖口部分。

她把去年冬天圣诞节礼物桶里的所有漂亮纱线都用光了。但她还是很高兴，玛丽的内衣将会是盲人学校女孩子里最好看的了。

妈用倒针法缝好玛丽的衣服，又将衣服用熨斗熨平。劳拉则负责把鲸骨撑架缝到紧身上衣腋下的线缝和胸线线缝上。她花了很大力气才接好这些撑架，并把它们平整地缝在两边的棱线上。缝边上没有一点褶皱，这样紧身上衣穿在身上才合适，外面看起来也会非常平顺。做这件事很烦人，缝完以后，劳拉的脖子都疼了。

现在玛丽要最后一次试穿紧身上衣了。紧身上衣是用棕色开司米羊绒做的，衬里是用棕色细亚麻布做的。衣服正面有一排棕色小扣子，妈在扣子两边和紧身上衣的底部缝了一条窄窄的棕蓝色格子呢，褶边上绣满了红线。紧身上衣上还缝了一圈格子呢。妈手上拿着一团白色机织花边，准备把花边缝到高领内侧，稍稍在领子上露出来一点。

"哦，玛丽，这件衣服太漂亮了。后背没有一点褶皱，肩膀也非常平整，"劳拉说，"袖子看起来就像是完全贴在肘上的。"

"是的，"玛丽说，"我不知道我能不能扣好扣子。"

玛丽去上学

玛丽明天就要去上学了。

爸和妈给玛丽买了个新衣箱。一层亮亮的铁皮裹在箱子外面，箱子中段和四角都钉着抛光木条，另外三根木条压在弧形顶上。箱子的角上还有用螺丝固定的铁皮，用来保护那些木条。当合上盖子时，两个铁锁舌会插入小铁扣件中，将两副铁环合在一起就能上锁了！

"这箱子太好看了，"爸说，"我已经准备好用来捆它的五十英尺结实的新绳子了。"

玛丽很高兴，她用纤细的手指细细地摸着箱子。劳拉跟她说那上面是亮闪闪的铁皮和光亮平滑的木头。妈说："这个箱子的款式是最新的，玛丽，你可以用一辈子呢。"

箱子里的材质也是光亮平滑的木头。妈小心翼翼地在木板上铺了好几层报纸，然后把然玛丽的物品装进去，这样就不用担心玛丽的衣服塞不满箱子了。她再在每个角里塞了报纸，这样即使火车很颠簸，箱子里的东西也不会动了。不过妈的担心似乎是多余的，因为全部衣服都放进去后，箱子不仅被塞得紧紧的，连用报纸盖住的中间部分都隆得很高，顶住了弧形顶盖。妈坐在顶盖上使劲地往下压，爸才锁上了箱子。

接着，爸在箱子外面紧紧地缠了几圈绳子。劳拉在一旁帮着拉紧绳头，爸负责打好绳结。

"好啦！这下总算捆结实了！"他最后说。

忙的时候，他们不会去想玛丽离家的事情。但现在安排好了一切事情，晚饭时间还没到，时间空了出来，大家就又想起了这件事。

爸清清嗓子走出房子。妈把针线篮子放在桌上，站着看窗外。格蕾丝哀求着："玛丽，不要走，好吗？讲个故事给我听吧。"

这是玛丽最后一次把格蕾丝抱在自己的膝头,讲爷爷在威斯康星大森林里遇到黑豹的故事给她听。当玛丽回来时,格蕾丝就会成为一个大姑娘了。

讲完故事后,妈说:"格蕾丝,你不要缠着玛丽。晚饭想吃些什么呢,玛丽?"这是玛丽最后一次在家吃晚饭了。

"妈,家里的东西都非常好吃。"玛丽答道。

"这么热的天气,很适合吃加洋葱的农家乳酪丸子与凉奶油豌豆,"妈说,"劳拉,你到菜地摘些生菜和番茄来。"

玛丽忽然问道:"我能跟你一起去吗?我想散一会儿步。"

"你们用不着太急,"妈告诉她们,"还要过很久才吃饭呢。"

她们穿过马厩,爬上低矮的小山。太阳就要西下了,劳拉觉得落日像个国王,正拉上他大床周围的华丽帐幔。但玛丽不喜欢这样的想象。于是劳拉说:"玛丽,太阳就要下山了,它会沉到无边无际的白绒绒的云层里。云层的顶部呈猩红色,像镶满珍珠的玫瑰色和金色帐幔,笼罩着草原。云层间有一小片明净翠绿的天空若隐若现。"

玛丽站住了。她声音颤抖地说"我会怀念这次散

步的。"

"我也会。"劳拉咽了口口水,说,"但你要多想想,你要去上学啦。"

"没有你我是上不了学的。"玛丽说,"你一直教我学习,还挣了九块钱给我。"

"这不算多,"劳拉说,"跟我期望的比起来——"

"已经很多了!那是一大笔钱。"玛丽反驳道。

劳拉觉得喉咙一阵哽咽。她使劲眨眨眼,深深地呼了一口气,但声音仍然在打颤:"但愿你会喜欢上学,玛丽。"

"我会的,我会的!"玛丽喘着气不断地说,"上学不仅能够念书学习,还可以弹风琴……想一想就很开心。这里面一部分功劳是你的,劳拉。你还没当上老师,就能帮我上学了呢。"

"当我十六岁了,就会去教书,"劳拉说,"那时我还能帮你更多。"

"但愿你不是必须得那样做。"玛丽说。

"我一定得这么做,"劳拉回答,"法律规定,没满十六岁是不能教书的。"

"到那时我不在家里呢。"玛丽说。她们刹那间都感觉到,玛丽似乎要永远离开了。大家都为渺茫的未来感到害怕。

草原小镇
Little Town on the Prairie

"劳拉,我以前从没离过家。我不知道接下来会发生什么事情。"玛丽坦白地说,她浑身在发抖。

"一切都会变好的,"劳拉勇敢地对她说,"妈和爸会跟你一起去的,你一定会通过考试的,不要担心。"

"我不怕,也不担心。"玛丽坚持说,"我觉得有点孤单,但这也没办法。"

"你很勇敢。"劳拉说。然后,她清了清嗓子,对玛丽说,"太阳像个大火球,它穿过了白云。云不停地变着颜色——猩红、金黄然后紫色。整个天空中的云朵都像燃烧的火焰。"

"我感觉到我的脸上光芒四射,"玛丽说,"你说爱荷华州的天空和夕阳与这儿会有什么不同呢?"

劳拉也不知道。她们慢慢地往小山下走去。这也许是她们最后一次一起散步了,至少是很长一段时间内她们没机会在一起散步了,这段很长的时间在现在看来就好像会持续到永远。

"你帮我复习了课文中的每个词,让我明白了所有书本中的知识,我一定能通过考试的。"玛丽说,"但是,劳拉,爸给我买了衣箱、新外套、新鞋子、火车票……花了那么多钱,还怎么买得起你和卡莉的课本和衣服呢?"

"不用担心,爸妈有办法的。"劳拉说,"你知道他们

一直都很有办法的。"

第二天一早,劳拉还没穿好衣服,妈就用沸水烫了爸打到的乌鸦,拔了毛清理好。吃完早餐,她用油炸好鸟肉,晾了一会儿后,就放进盒子里,准备在火车当午饭吃。

前一天晚上,爸、妈和玛丽就都洗了澡。现在玛丽穿着她最好看的旧印花连衣裙和旧鞋子。妈穿着一套印花布夏装,爸穿着礼拜套装。邻居家的小伙子驾车送他们去车站。爸妈会离开整整一个礼拜,回来时就只有他们两人了,他们可以从镇上走路回来。

一个脸上长着雀斑的男孩驾着篷车来了。他的草帽上有破洞,没有完全遮住他的红头发。他和爸合力将玛丽的衣箱抬上马车。

"卡莉和格蕾丝,你们要乖,要听劳拉的话。"妈吩咐道。"别忘了,要给喂鸡的小盘子装水。劳拉,要小心老鹰,装牛奶的碗得天天烫,天天晒。"

"好的,妈。"她们齐声回答。

"再见,"玛丽一一道别,"再见,劳拉、卡莉、格蕾丝。"

"再见。"好半天,劳拉和卡莉才憋出来了这句话。格蕾丝只是睁着她圆圆的眼睛盯着。爸扶着玛丽,让她踩着马车的轮子爬上车,坐到妈和男孩身边。爸则坐在衣箱上。

"我们出发吧。"爸对男孩说,然后跟孩子们道别:"再见,孩子们。"

马车一出发,格蕾丝就张开嘴,大声哭了起来。

"格蕾丝!羞羞!都这么大了,还哭啊!"劳拉呜咽地说,她的喉咙一阵发疼。卡莉似乎也要马上哭出来。"不知羞!"劳拉又说,于是格蕾丝终于停下了哭声。

爸、妈和玛丽都没有回头看。篷车载着他们渐行渐远,留下了一片寂静。劳拉第一次体验到这样的寂静。这种安静并不像草原上的那种令人愉快的寂静,反而让人觉得心里一阵刺痛。

"我们进屋吧!"劳拉说。房子里十分安静,劳拉觉得自己得小声点说话。格蕾丝也不哭了,她们站在房子里,却觉得四周空荡荡、静悄悄的。玛丽离开了。

格蕾丝又哭起来了,卡莉的眼泪也在眼里打转。不能这样下去,接下来整整一周,劳拉要操持家里的事情,她不能让妈失望。

"听我说,卡莉、格蕾丝,"劳拉说,"我们现在彻底地打扫一下房子!妈回家时,就会发现我们已经做过秋季大扫除了。"

劳拉是头一次这么忙。任务很艰巨。原来被子浸透水

后，从盆里提起来是这么重，将它的水拧干，晾在绳子上也这么难。格蕾丝总想帮忙，却常常越帮越忙。让人奇怪的是，本来挺干净的房子，竟然被她们打扫得脏兮兮的。她们打扫得越努力，东西就越脏。

最糟的是天气太热了。她们连抬带拖地把褥子拉到门外，取出褥子，洗净，晾干，再装进香甜的新鲜干草，然后从床架上取下弹簧，靠墙放好，劳拉用手指夹住。她们将床架拉开，劳拉和卡莉各拉一头，所有角都分开了，板子突然掉了下来，砸在劳拉头上，她的眼前顿时直冒金星。

"啊，劳拉，把你伤到了吗？"卡莉大叫。

"没关系，不怎么痛。"劳拉说。她将床头板推到墙边立起来，板子又轻轻地滑倒了，撞上了她的脚踝。"疼！"她忍不住叫起来，然后说，"就把它放在那儿吧！"

"我们要把地板擦一擦。"卡莉说。

"我知道。"劳拉眯眼笑着说。她坐在地上，握着脚踝，散乱的头发贴着汗水满满的脖子。她的衣服都被汗浸湿了，手指甲也都是黑黑的。卡莉也是灰头土脸的，头发里还沾着些干草。

"我们应该洗个澡。"劳拉喃喃地说。她突然她大叫道："格蕾丝在哪儿？"

草原小镇
Little Town on the Prairie

有好一会她们都没想到格蕾丝。格蕾丝曾在草原上失踪过。布鲁金斯的两个小孩也在草原上迷了路,被人发现时已经死了。

"我在这。"格蕾丝甜甜地答着,从外面走了进来,"下雨啦。"

"不!"劳拉尖叫着。房子上有一片阴影飘了过来,大雨随之落了下来。这时,窗外传来一阵雷鸣。劳拉尖叫起来:"卡莉!收褥子!收被套!"

两人急忙冲出去。床褥不怎么重,但里面塞满了草,胖胖鼓鼓的,她们没办法抓住。褥子边总从劳拉和卡莉的手中滑下来。她们要想把一床褥子抬进屋里,只得把它竖起来。

"既要竖起它,又要把它推进去,我们没法同时做到这两件事。"卡莉喘着气说。这时候雷声滚过头顶,大雨哗啦啦地落了下来。

"让开!"劳拉大叫。她一个人又推又扛,总算把褥子推进屋子里了。但是已经来不及把另一床褥子和晾在绳子上的床单拿进屋了。

床单挂在绳子上自己会干,但是另一个褥子里的干草必须得取出来,褥套得重新再洗,然后换上新干草。褥子里的草得干透,不然会有霉味。

"我们可以将另一间卧室的东西都搬来前面的房间，然后把里面房间的地板擦干净。"劳拉说。她们说干就干，很长一段时间，周围只有雷声、雨声和擦地板的声音。劳拉和卡莉跪在地上，她们倒退着擦地板。格蕾丝也很开心，她说："我也能帮忙了！"

她站在椅子上，给火炉涂黑油，把自己弄成了个黑小孩。炉子周围的地板上满是黑油的污渍。她抬头笑眯眯地看着劳拉，想得到她的赞赏，又用黑油布刷了下污黑的炉顶，结果把装满水的黑油盒子扫翻了。她蓝色的眼睛立刻盈满了泪水。

劳拉看了眼妈走时收拾得整洁干净的房间，压着火气说："不要担心，格蕾丝，我会收拾好的。"可下一刻，她一屁股坐到地上，把额头埋进了双膝间。

"卡莉，我真不知道妈是如何做到的！"劳拉几乎要哭起来。

那是有史以来最糟糕的一天。到了礼拜五，她们基本上把整个房子都收拾干净了。因为担心妈会提前回来，所以那天她们一直忙到了深夜。直到礼拜六的中午，劳拉和卡莉才洗了澡，然后倒在床上睡着了。但是屋子已经非常干净整洁了。

炉子周围的地板十分干净，只隐隐看见一些黑点。洗

草原小镇
Little Town on the Prairie

干净的被子都堆在一起,房间里充斥着新鲜干草的甜香味。窗户玻璃擦得十分明亮。碗橱的隔板全都擦干净了,盘子也都洗干净了。"从现在开始,我们只吃面包、喝牛奶,好让盘子保持干净!"劳拉说。

接下来,再把洗窗帘、晾窗帘、熨窗帘的工作做好就行了。当然,礼拜一还得洗衣服。礼拜天是休息日,她们都好高兴。

礼拜一一大早,劳拉就洗好了窗帘。当劳拉和卡莉开始晾衣服时,窗帘已经干了。她们往窗帘上喷了点水,将它们熨平挂在窗户上。整个家太完美啦。

"爸妈回家前,我们要让格蕾丝离这干净的房子远一点。"劳拉悄悄地对卡莉说。她俩都不想去散步,于是就坐在房檐下阴凉的草地上,边看着格蕾丝跑来跑去,边留意着火车冒出来的烟。

火车从草原的方向驶来,它冒出的浓烟正慢慢地消失在天际,像一行她们读不懂的文字。她们听到了火车的汽笛声,没过多久,汽笛声又响起来了,一团团烟在矮空中写着字。就在她们以为爸妈不会回来时,远处忽然出现了两个小小的身影。

劳拉心中又产生了玛丽刚离家时的那种强烈的孤独感。

她们在大沼泽边遇见了爸妈，一家人马上聊起天来。

爸妈非常满意盲人学校。他们说那是个好地方，砖房很大。冬天来了，玛丽住在里面肯定又暖和又舒服。那里的伙食非常好，周围的姑娘都很可爱，老师也很和蔼可亲。妈非常喜欢玛丽的室友。玛丽考了非常高的分数，顺利通过了考试。妈说她发现玛丽的衣服是最漂亮的。玛丽打算学政治经济学、文学、高等数学、缝纫、编织、珠饰以及音乐。学校里还有台大风琴呢。

劳拉为玛丽感到高兴，这让她忘掉了玛丽走的伤感。玛丽非常喜欢学习，现在她就可以尽情地学习了，这实在是太难得的机会啊。

她一定得待在那里，劳拉想。于是她发誓继续努力学习，这样当十六岁获得教师资格证时，就可以挣钱让玛丽念书了。

劳拉早将做了一周的大扫除忘到九霄云外去了，但当他们回到家时，妈问："卡莉，你跟格蕾丝在笑什么？你们有什么秘密吗？"

格蕾丝蹦蹦跳跳地大声说："我将炉灶涂黑了。"

"真的？"妈边说边走进屋子，"看起来挺不错的，但是，格蕾丝，我相信是劳拉帮你涂的黑油。你不能说……"她停住了讲话，因为她看到了窗帘，"劳拉，"她

草原小镇
Little Town on the Prairie

说，"你们是不是把窗帘洗了，还有——我的天啊！"

"我们替你做好了秋季大扫除，妈。"劳拉说。卡莉也笑嘻嘻地插嘴："我们还把床单洗了，装了褥子，连地板也擦了，所有事都做好啦。"

妈惊讶地举起双手，接着又垂下来，说："我的天啊！"

第二天，当妈打开旅行袋时，送了一个惊喜给她们。她从卧室里出来时，手上拿着三个平平的小包，劳拉、卡莉、格蕾丝一人一个。

格蕾丝的小包里有一本图画书。彩色画印在光亮的纸上，然后贴在五彩缤纷的布上，书的每一页边缘都打了些小孔当作装饰。

劳拉的小包里也有一本漂亮的小书，不厚，很宽，封面是红色的，上面印着几个金色大字：签名纪念册。签名纪念册里的每页背景色都非常柔和，而且都是空白的。

卡莉的礼物也是一本一模一样的册子，只是封面是蓝底金字。

"现在好像很流行签名纪念册，"妈说，"文顿市时尚些的姑娘人手一本。"

"这是什么？"劳拉问。

"你可以请朋友在空白页上写句诗，然后签上名字。"

妈解释说,"要是她也有一本,那你们就可以互相交换着写,然后可以保管好,用来做纪念。"

卡莉说:"我要将我的签名纪念册给所有陌生的姑娘,只要她们礼貌地对我,我就让她们在上面签名。"

妈非常高兴,因为大家都十分喜欢签名纪念册。妈说:"我和爸送玛丽去爱荷华州文顿市时,也想着从那儿带些东西来给你们。"

怀德小姐来学校教书

开学的那一天，劳拉和卡莉出发得很早。她们穿着最好看的印花裙，裙子上带着枝叶图案。妈说再不穿，在明年夏天到来之前，她们都不能再穿这身衣服了。劳拉一手夹着课本，一手提着铁皮桶，铁皮桶里装着她和卡莉的午饭。卡莉一身轻松，仅夹着她的课本。

清晨的阳光仍余留着夜晚的凉意。天空下的草原，由绿变棕、变淡紫，看起来十分美丽。微风拂过，牧草的芳香夹着野向日葵的浓香扑鼻而来。路上的景色美极了，盛

开的黄花向她们点头，柔软的茎秆拍打在摇晃着的小铁皮桶上。劳拉和卡莉分别沿着车辙和大道走着。

"我真希望怀德小姐是个好老师。"卡莉说，"你也这么想吗？"

"爸肯定是这么想的，因为他是学校里的董事。"劳拉说。"说不定雇用她是因为她是怀德家男孩们的姐姐呢。卡莉，你对他那两匹漂亮的棕色马还有印象吗？"

"他的马好并不代表他的姐姐也好。"卡莉争论道，"不过，说不定她是个好老师。"

"无论怎样，她懂得教书，因为她有教师资格证。"劳拉说着，叹了口气，她该多努力学习才能拿到教师资格证啊！

大街越来越长了。爸的小屋旁，有一家新开的马车出租店，一座新的谷物仓库高高地矗立在铁路另一边的街道尽头。

"租车店和爸的房子中间怎么隔了那么一大块空地啊？"卡莉想不明白。

劳拉也不知道，她喜欢草原上的野草。爸的牲口棚周围堆满了高高的干草堆。今年冬天，他就不用再从放领地拉干草回来过冬了。

在第二街处，劳拉和卡莉就向西转了。这里距学校还有一段距离，到处都盖满了新盖的小棚屋。铁路边有一家新建的面粉厂。穿过第二街和第三街间的空地时，她们看到工人们正忙着修建新教堂的框架。学校附近围了一大群学生，其中大部分都是陌生人。

卡莉胆怯得直往后退。劳拉也紧张得膝盖发软，但在卡莉面前，她必须得表现的勇敢些。于是她壮着担子继续往前走，很多眼睛就那么盯着她们，劳拉紧张的手心都湿透了。这儿起码有二十个男女学生吧。

劳拉鼓足了勇气，朝着学生群走去，卡莉跟在她的身后。男孩们退到了一边，女孩们退到另一边。劳拉似乎没办法再往学校门前的台阶上走了。

忽然，她看见了认识的人——玛丽·鲍尔和米妮·琼森正站在台阶上。去年秋天暴风雪前她们也在学校里上课。玛丽·鲍尔对她打招呼："劳拉·英格斯，你们好！"

玛丽·鲍尔的黑眼睛闪烁着快乐的神情，似乎在表达见到劳拉的喜悦。米妮·琼森的脸上满是雀斑，她的笑容很友好。劳拉这下放心了，她觉得自己会非常喜欢玛丽·鲍尔的。

"我们已经选了座位了，我们俩坐在一块。"米妮说，"你可以坐在过道对面和我们并排着的位置上吗？"

她们结伴走进了学校。这一边是女生区，玛丽·鲍尔

和米妮的书都放在靠墙的后排桌上。劳拉将书放到了毗邻玛丽的过道的桌子上。教室里最好的座位就是这两个后排座位了。卡莉比较小，自然应该和小一点的女孩一起坐在离老师近一点的地方。

怀德小姐穿过过道，她的手中拿着铃。她的头发乌黑乌黑的，眼睛呈灰棕色，看起来像个好人。她穿着一身时尚的深灰色衣裙，款式看起来和玛丽那套最好看的裙子差不多，前襟笔直，裙子刚好触及地面，外裙垂下来，散开成波浪形。

"姑娘们，选好座位了吗？"她亲切地问道。

"是的，老师。"米妮很羞涩，玛丽·鲍尔反而大方地笑着说："我名叫玛丽·鲍尔，她是米妮·琼森，这位是劳拉·英格斯。如果您允许，我们希望能坐在这里。我们是这所学校里年龄最大的女孩。"

"是的，你们可以坐在那。"怀德小姐看起来很高兴。

她走到门口，摇晃着铃铛。学生们听到铃声，就簇拥着走了进来，座位几乎都被坐满了。女生这边只剩下一个位置了。男生那边，后排的位置都没人坐，因为大一些的男生现在都在放领地上干活，要等到冬季才会来上学。

卡莉已经和玛米·毕兹利一块坐下了，劳拉看了很开心。可当靠近前排的小女孩都坐下时，她看到一个陌生的

草原小镇
Little Town on the Prairie

女孩踌躇地站在过道上。她和劳拉差不多大,有点胆怯,个子不高,身材十分苗条,圆圆的小脸上长着一双柔和的棕色大眼。她的头发乌黑乌黑的,前额的刘海卷卷的。她似乎很紧张,满脸涨得通红,胆怯地看了眼劳拉。如果劳拉不邀请她,她或许就会独自坐在空座位上了。

劳拉马上笑了笑,拍拍身边的位置。女孩立刻笑得两眼弯弯的,把书放到劳拉旁边的桌子上,靠着劳拉坐了下来。

怀德小姐拿着点名簿,让大家都坐回自己的座位,然后一个一个地记下学生的名字。劳拉的同桌说她叫艾达·赖特,但大家都叫她艾达·布朗,因为布朗夫妇是她的养父母。

布朗牧师是这所镇上的新任牧师。劳拉的爸妈不喜欢他,可这并不妨碍劳拉喜欢艾达。

怀德小姐刚把点名册放到讲台,准备上课时,教室的门被人打开了,大家都转过头,等着看是谁在开学的第一天就迟到了。

劳拉简直无法相信自己的眼睛,进来的女生竟然是从明尼苏达州梅溪来的内莉·奥利森。

内莉已经比劳拉都高了,也更苗条了,不像劳拉,还是矮矮胖胖的,像一头法国小马。上回看到内莉已经是两

小木屋的故事
Little House Books

年前了，但劳拉还是一眼就认出了她。内莉的鼻子翘得很高，眼睛小小的，挨着鼻子，嘴显得刻板而拘谨。

内莉的爸是个店主，她曾经取笑劳拉和玛丽是乡下姑娘，连对劳拉的妈说话都十分粗鲁，对劳拉家里以前那条忠实的老狗杰克态度也很差。

尽管内莉迟到了，可她却仍站在那里东看看西看看，好像学校不好，不合她的意。她穿着一条浅黄色的连衣裙，裙子围了一圈荷叶边，镶着深深的褶皱，脖子周围的领口和宽大的衣袖都有荷叶边。她金色的直发被往后梳起来，挽成了一个法国式的发髻。她高昂着瘦削的头，似乎什么东西都入不了她的眼。

"如果您允许，我希望能坐在后排。"她对怀德小姐说道。然后她看了看劳拉，似乎在说：我要坐那个座位，给我滚开。

劳拉一动不动地坐着，两眼眯着看内莉。其他人都在观察怀德小姐会怎么做。怀德小姐紧张地清了清嗓子。劳拉目不转睛地盯着内莉，看得内莉移开了目光。内莉看了看米妮，朝她的位子点了点头，说道："我要那个位子。"

怀德小姐问："你要换吗？米妮？"她之前已经允许米妮坐那儿了。

米妮不甘不愿地回答道："好的，老师。"说完，她拿

草原小镇
Little Town on the Prairie

起书,往前走到空座位上。玛丽·鲍尔一动不动地坐着,内莉不愿意绕过座位走到米妮的空位上,一直等在过道上。

"玛丽·鲍尔,"怀德小姐说,"要是你往旁边移一下,把空间腾出来给新同学,我们就能开始上课了。"

她刚说完,玛丽·鲍尔就站了起来,说道:"我跟米妮一起过去。"她说,"我宁愿这么做。"

内莉笑呵呵地坐了下来。她坐在了教室里最好的座位上,而且一个人占了一整张桌子。

劳拉暗暗在心里高兴,因为她听到内莉跟怀德小姐说,自己的父亲住在镇北的放领地上,这样内莉也是乡下丫头啦!想着想着,劳拉突然意识到,如果这个冬天爸搬到镇上来过冬,她和卡莉就是城里的姑娘啦。

怀德小姐用尺子敲了敲桌子,让大家安静下来。接着又微笑地说了几句话:"现在大家都准备好了吧?新学期开始了,大家可要努力、要成功哦!你们来这里,是为了学更多的知识,我来这里,是为了帮助你们。大家不要把我当成只会布置作业的老师,请把我当成一个朋友。我相信,我们会成为好朋友的。"

怀德小姐说话的时候,小男孩们总是动来动去,劳拉也不想看到怀德小姐的笑脸了,她也很想动。

她希望怀德小姐不要再继续说下去了,但怀德小姐还是笑着说:"大家都不愿意粗暴对待他人,自私自利,对吧?我相信,大家都会很乖的。所以,我不会考虑惩罚学生的。我们是朋友,要互相关爱,互相帮助,不是吗?"

最后她说:"大家可以过来拿你们的书了。"上午要分班,怀德小姐就安排大家背诵课文。劳拉、艾达、玛丽、米妮和内莉是班上最大的女生,大男生们没来上课期间,她们是班上最高阶的。

课间休息时,她们待在一个组里,认识彼此。艾达十分热情、友善。她说:"我只是个养女,布朗妈抱养的我,但她一定十分喜欢我,不然她不会这么做的。你们觉得呢?"

"她肯定喜欢你,不然她不会想要抱养你的。"劳拉回答道。她想象得到艾达婴儿时期可爱的样子,黑黑的头发卷卷的,棕色的眼睛大大的,总是笑呵呵的。

但是,内莉希望所有人的注意力都能转移到她的身上。

她说:"我到底该不该到户外去呢?我是从东部来的,还不习惯乡村的生活。"

"你不是从西明尼苏达州来的吗?我们是老乡啊。"劳拉说。

"是吗?"内莉挥了挥手手,拒绝讨论和明尼苏达州相关的问题,她说:"我只在那儿待了一阵子。我是从东部来的,我的家乡是纽约州。"

"我们都是从东部来的。"玛丽·鲍尔简短地回答道:"走吧,我们去户外晒太阳。"

"天啊,不要。这里的风会吹伤你的皮肤的。"内莉叫起来。

除了内莉外,其他人全都晒黑了。内莉继续说:"也许我会在这荒野之地待一阵子,但我不会让风毁了我的脸。东部的女生都十分注意保养的,保持皮肤白白的,双手滑嫩嫩的。"内莉的手确实是又白又细。

不过大家都没时间到外面去了,因为上课的时间到了。怀德小姐已经走到门口摇铃了。

晚上回到家时,卡莉就像一只滔滔不绝的小鸟,一直讲着开学第一天的情况,直到爸制止了她。"让劳拉也来说说。劳拉,你今天怎么这么安静?发生什么事了?"

劳拉将内莉说过的话和做过的事告诉了爸。最后,劳拉说:"怀德小姐不应该让内莉霸占玛丽·鲍尔和米妮的座位的。"

"你不能批评老师,劳拉。"妈轻声地提醒她。

劳拉窘迫得两颊发烫,她知道,上学的机会是十分难得的。怀德小姐到这儿来,是为了帮助她学习的,她应该

满怀感激，而不是批评老师。她应该要好好学习，举止得当的。但是，她还是情不自禁地想："内莉不应该抢座位的，太不公平了。"

"奥利森一家来自纽约州？"爸觉得很好玩，不停地讲道："这可没什么好炫耀的。"

劳拉想起，爸小时候是住在纽约州的。

爸接着说："我不知道发生什么事了，奥利森在明尼苏达州变得很穷，现在他只有这片放领地了。我听说，幸亏他那些回到东部的亲戚们帮着他渡过了难关，不然在庄稼收获前，他是没办法挺过来的。或许，内莉觉得必须得小小地吹捧一下，好保住面子。劳拉，不要去计较这些事。"

"但是，她穿的衣服好漂亮呢！"劳拉很不满，她接着说："她什么活都不干，她要让自己的脸和手都保养得好好的。"

"你也能戴遮阳帽。"妈说，"她的漂亮衣服，也许是在便宜的店里买的。或许就像歌里说的那样：'脖子周围有两道褶皱，光着脚丫。'"

劳拉觉得自己该为内莉难过。但她没有，她心里仍然希望内莉还在梅溪。

爸从晚餐桌边站了起来，他将椅子拉到敞开着的门的附近。他让劳拉将他的小提琴拿过来。他说:"前几天我听到一首歌,是别人用口哨吹出来的。我想试着弹出来。小提琴的音色肯定会胜过口哨声的。"

劳拉和卡莉一边轻轻地洗着盘子,一边也不漏掉任何一个音符。爸低低的歌声伴着甜美清脆的小提琴声飘扬着。

来见我,哦,来见我。
当你听到第一声,
"灰——噗——喂"的呼唤……

"灰——噗——喂",琴弦的声音十分轻柔,又带着点颤抖,很像鸟儿发出的呼唤声。"灰——噗——喂",慢慢地由近边缘,又由远变近。"灰——噗——喂",夜幕慢慢降临了,到处都充满了鸟儿咕咕的叫声。

劳拉的心境慢慢地祥和起来,思绪也没那么不平了。她心想:"我会当个好学生的。不管内莉多可恶,我也会做个好学生的。"

温暖的冬天

现在的天气非常凉爽,劳拉和卡莉很忙。每天早上,她们都忙着做家务,煮早饭,再把午餐装到饭盒里,穿了校服,匆匆地走几里路到镇上上学。放学后,她们又得匆匆忙忙地回家,在天黑前干完活。

礼拜六这一天,大家一整天都很忙,因为得搬到镇上去了,要收拾好东西。

爸负责挖马铃薯,劳拉和卡莉将它们从地上捡起来。大家还准备了萝卜,劳拉和卡莉负责剪掉萝卜的叶子,帮着爸

草原小镇
Little Town on the Prairie

把它们装进马车。她们还拔了胡萝卜、甜菜和洋葱,并去掉了它们的茎和叶子,另外把番茄和酸浆果也摘了下来。

酸浆果长在低矮的灌木丛中,叶子很大,茎很粗,花朵呈浅灰的六角形,像个小铃铛,果实是金黄色的,汁多肉厚。

荚子番茄的标志是棕色荚子,把荚子剥开,就能看到里面紫色的果实了。它们比酸浆果大些,但又比一般的红番茄要小许多。

姑娘们上学时,妈就在家做果酱:红的、紫的番茄酱,金色的酸果酱。妈腌起了那些打霜前来不及长大的青番茄。整个屋子里都是甜甜的果酱味道和刺鼻的腌菜味。

"这次搬到镇上,我们得带足的储备粮食,"爸满意地说,"我们得立刻出发。我可不想又被去年十月那样的暴风雪困在这么单薄的小木屋里。"

"今年冬天应该会比去年冬天好些吧,"劳拉说,"我觉得天气大不一样。"

"是的,"爸同意道,"也许今年冬天不会像去年那么冷,冬天也不会来得太早,不过我们还是要做好充分的准备。"

爸将用来作饲料的燕麦秆、玉米秆都拉进镇里,堆在干草边上。马铃薯、萝卜、甜菜以及胡萝卜也被拉到了镇里,储藏在地窖里。接着,就是收拾生活用品了。一个礼

拜一的晚上，劳拉和卡莉都在帮妈收拾衣服、碗、盘子和书，一直忙碌到深夜。

收拾时，劳拉发现了一个秘密。当她跪在地板上，打开妈的抽屉，想要取出冬天的红色内衣时，在内衣下发现了一本书。

那是一本崭新的书，封皮是用绿色的布做成的，嵌着烫金图案，十分漂亮。书边缘上的烫金很平滑，也很逼真，像真金一样。封面上的字体十分可爱，是圆圈形的花体字，上面写着：丁尼生诗集。

内衣下面居然藏着这么精致的一本书！劳拉太惊讶了，以至于差点把书掉到了地上。她在灯光下翻开了这本从未被触碰过的书。里面的字很清晰很精致，字体也很好看，文字的四边是一圈细细的红色线条，仿佛中间的字是宝藏一样。红线外边是空白的。

左下角，用大一点的字体写着："食莲人"，这应该是标题。标题下的第一个词是"勇气"。劳拉读了起来：

"勇气！"他说着，指向大地，
"巨浪把我们席卷向岸边。"
下午笼罩了大地。
海岸的四周，连空气也昏沉沉的，

草原小镇
Little Town on the Prairie

> 仿佛一个人在睡梦中的呼吸声,十分沉重。
> 满月挂在峡谷上,
> 就像……

劳拉忽然慌乱地停了下来,妈放得这么严实,肯定是想把这本书藏起来,她不该偷看的。她赶紧闭上眼睛,合上书。但又忍不住想再多看一眼,把这行读完。可她知道,自己必须得控制住好奇心。

于是,她将书用内衣裤包好,又放回抽屉,并将抽屉关上。接着,她打开上面一层抽屉,却不知道要做什么。

劳拉觉得自己应该对妈坦白。但她又猜到妈藏着这本书,应该是想给大家一个惊喜。她脑子不停地转着,心跳加速。这本书一定是爸妈在爱荷华州的文顿市买的,留下来作圣诞礼物的。这本诗集这么精致,只可能是拿来做圣诞礼物的。玛丽不在家劳拉现在是最大的女儿,这肯定是给她的礼物。

如果她对妈坦白了,只会破坏了圣诞节的气氛,爸妈肯定会失望的。

发现这本书后,时间好像过去了很久,但实际上只过了一小会儿。妈匆匆走过来,说:"这里我来收拾干净吧!劳拉,你去睡觉吧,已经过了睡觉的点了。"

"好的，妈。"劳拉说。她知道妈应该是担心她打开下面的抽屉，发现那本书。这是她第一次向妈隐瞒什么。

第二天放学后，劳拉和卡莉直接去了第二街和大街的拐角处，爸的店开在那儿。爸妈已经搬到镇上过冬了。

厨房里已经装好炉子和橱柜了。楼上的倾斜的木片瓦屋顶下，摆着床，床垫是干草褥子，上面堆着被子和枕头。妈让劳拉和卡莉铺床。劳拉相信，那本诗集肯定被藏在梳妆台的抽屉里，不过这回她不会再去偷看了。

但她每次看到梳妆台时，都会不由自主地想起那句话：

满月挂在峡谷上，就好像……

到底是像什么呢？她只能等到圣诞节再去读剩余的部分了。

但是劳拉觉得还要好长时间才到圣诞节呢。

楼下，妈已经收拾好客厅了。暖炉亮堂堂的，窗帘是崭新的，地板上铺着干干净净的地毯，角落里放着两把摇椅，可以晒到太阳，玛丽那把椅子上却空无一人。

劳拉很想念玛丽，甚至想得心痛，但是她觉得没必要说出来。玛丽在读书，劳拉很想去探望她。有老师写信告诉爸，玛丽一切都好，进步得非常迅速，她很快就能亲自给家里写信了。

她们愉快地收拾了桌子，准备晚餐，大家都没有表达自己心里的想念。妈叹了口气说："这回我们可以暖暖和和地过冬啦。"

"是呀，"爸说道，"这次我们可做了充足的准备。"

小镇上家家户户都准备得很好，木材场里有木炭，商人的店铺里都准备了充足的货，面粉厂里有面粉，仓库里还有小麦。

"整个冬天我们都有木炭生火，有东西吃，就算火车罢工了，我们也不用怕。"爸心满意足地说。

劳拉最喜欢走路上学和放学的时刻，那时候很开心。不过现在家里没有家务了，而且因为不用到地里干活，爸揽下了家里所有的活，上下学都不用那么赶了。

学校近了，对卡莉的身体也比较好。卡莉的身体到现在都还没从去年的严冬中复原过来。虽然早上只需要走一点路，劳拉还帮着她背书，但卡莉也会觉得累，有时候，她的头还会疼得很厉害，甚至晕倒。爸、妈和劳拉都很担心她。他们只安排些最轻的家务给她做，妈用现有的最好的食物来促进她的食欲。现在住在镇上，真是好多了。

校园生活

劳拉非常喜欢上学。她已经认识了所有同学,也很快和艾达、玛丽·鲍尔,还有米妮成了朋友。课间休息和午休时分,她们都在一块儿。

当太阳很灿烂时,男孩子会玩抛球、抓球的游戏。他们将球扔到校舍的墙上,然后争先恐后地跑到草地上抢皮球。他们经常哄劳拉一起玩:"劳拉,来和我们一块玩吧。快呀!"

但像劳拉这么大的女孩,如果再跑来跑去就显得太野了。可她确实非常喜欢跑跑跳跳的，也很喜欢接球、扔球，有时她也想加入他们。这些男生的年龄都非常小，她很喜欢他们。无论大家玩得多疯狂，她都从不抱怨。有一次，她听到查理说："虽然她是女生，可一点也不娇气。"

听了这话，劳拉十分高兴，她觉得很舒坦。当小男孩也喜欢她时，她知道，大家都喜欢她了。

即使劳拉跑啊、跳啊，满脸通红，发卡都松了，其他女孩子也不会认为劳拉是疯疯癫癫的女孩子。艾达有时候也玩球，不过玛丽·鲍尔和米妮从来只当拉拉队。唯独内莉·奥利森不愿意和他们打成一片。

内莉甚至拒绝去散步，即使大家很有礼貌地邀请她，她也会说："这太疯狂了。"

"她担心她那纽约州的肤色受到损伤。"艾达大笑。

"我觉得她是想留在教室里讨好怀德小姐，"玛丽·鲍尔说，"她和怀德小姐一直都走得很近。"

"随便她吧。她不在，我们能玩得更开心。"米妮说。

"怀德小姐以前也住在纽约州，也许这就是她们谈论的话题。"劳拉说。

玛丽·鲍尔大笑起来，斜盯着劳拉，捏了下她的胳臂。虽然没喊出口过，但大家都觉得内莉是"老师的宠物"。劳拉觉得没关系，她是尖子生，没必要为了留在学校而当

老师的宠物。

每天吃完晚饭后，劳拉就会学习到深夜。这是她最想念玛丽的时候，她们一直是在一起复习功课的。但她知道，远在爱荷华州的玛丽也在学习。如果要让玛丽留在学校里继续学习，劳拉就必须得获得教师资格证。

这个想法在劳拉的脑袋里闪过时，她正和玛丽·鲍尔、艾达手挽手地散着步。

"你知道我在想什么？"米妮问。

"想什么呢？"她们都问她。

"我觉得内莉正在筹划些什么。"米妮边说着，边朝一个驾车过来的人点了点头，这辆马车是由两匹棕色莫干马拉着的。马儿纤细的腿飞快地往前奔，扬起了一阵阵尘土。马的背油光闪闪，黑色的鬃毛和马尾飘扬在风中，耳朵向前竖着，眼睛亮晶晶的，正四处张望。马具上的红色流苏在风中飘荡。

阳光照着马儿的脖子，弯成一条弧线，又延伸至其平滑的两肋，映在圆滚滚的臀部上。马儿拉着的是一辆闪闪发光的轻便马车。马车的挡板很光亮，车顶是弧形的，一尘不染地盖在座位上，车轮是红色的。劳拉从未见过这么漂亮的马车。

马车离开后，艾伦问："你怎么不打个招呼呢，劳拉？"

"你没瞧见他脱帽向问候我们了吗？"玛丽·鲍尔说。劳拉只注意看马了。

"对不起，我不是故意的。"她说，"你们不觉得这些马儿很像一首诗？"

"你是说内莉喜欢他吗，米妮？"玛丽·鲍尔说，"他是一个成熟的男人，还拥有自己的放领地。"

"我看见过她一直盯着那些马的表情，"米妮说，"我肯定她是想坐一坐这辆马车。你知道她心里打小算盘时，就会流露出那样的表情。现在这个男人有一辆这样的马车……"

"他七月四日还没有马车呢。"劳拉说。

"那时他刚从东部来。"米妮说，"他卖了小麦后就买了这辆马车。他今年的麦子也是大丰收呢。"这些消息都是米妮的哥哥阿瑟告诉她的。

玛丽·鲍尔慢吞吞地说："我觉得你说得没错。"

劳拉觉得惭愧。她肯定不会为了坐阿曼乐·怀德的马车，转而讨好怀德小姐。但她也经常想，要是怀德小姐喜欢她，她也许也能坐坐怀德的马车。

怀德小姐在离学校几百米远的地方，有一块放领地，她住在那里的一间小屋里。阿曼乐常常早上带她来学校，

放学时再接她回家。每当劳拉看见那些马，她就希望怀德小姐某一天邀请她去坐坐。那时她会不会也像内莉·奥利森一样讨人厌呢？

亲眼见到了马车，劳拉更想坐一坐了。那马可真漂亮，跑得也很快，她没办法不想坐一坐。

"马上就要上课了。"艾达说，为了不迟到，她们都加快了回学校的步子。她们在教室门口拿起浮在水上的水瓢喝了点水，才走进教室。她们晒过了太阳、吹过了风，满脸通红，满头灰尘，但内莉仍然一副淑女模样，皮肤白皙，头发整齐。

看到她们几人走来，她抬起鼻孔，露出骄傲的笑容。劳拉转过头，看到她耸了耸肩，翘了翘下巴。

"不要觉得自己有多了不起，劳拉·英格斯！"内莉说，"怀德小姐说，尽管你爸也是校董，但他在学校里没有发言权。"

"你说什么？"劳拉听了，气得喘不过气来。

"我相信他和其他人一样有发言权，说不定更多呢！"艾达坚定地说，"你说是吗，劳拉？"

"是的！"劳拉叫道。

"是的，"玛丽·鲍尔说，"他的权利更多，因为除了劳拉和卡莉的爸，其他校董没有孩子在这所学校里上学。"

草原小镇
Little Town on the Prairie

　　劳拉很生气，内莉竟敢污蔑她的爸！怀德小姐正站在阶梯上摇铃，那声音在劳拉头里嗡嗡作响。劳拉说："你的家人都是些乡巴佬，内莉！如果你住在城里，你爸也有可能当上校董，然后有权发言。"

　　内莉摆出要扇劳拉耳光的架势。劳拉还来不及想清楚该不该还手时，内莉已经把手放了下来，溜回座位。因为怀德小姐走进了教室。

　　全部学生都打闹着回到了教室。劳拉坐了下来，可还是很气愤。艾达在书桌下伸过手，捏了捏劳拉紧握的拳头，她似乎在说：劳拉，你干得太好了！她活该！

勒令退学

怀德小姐让所有人都觉得疑惑。从开学第一天起，男孩子就想看看要怎么样她才会发脾气。可她从来不发火。

刚开始时，男生们不停地做小动作，发出轻轻的声响，翻书，敲板子，怀德小姐却一点也不在意，直到声音大得让人受不了时，她才有礼貌地微笑着让大家安静下来。

"大家知道吗？你们的行为已经影响到别人了。"她说。

草原小镇
Little Town on the Prairie

他们不明白这话的意思。当怀德小姐转身背对着他们时，讲台下的声响就又大了起来，男生们甚至开始窃窃私语了。

每天，怀德小姐都不停地让大家安静下来。这样对安静的学生们来说太不公平了。于是，所有的男生都开始窃窃私语了，他们互相推搡，有时甚至坐到座位上打闹。有的小女孩在石板上写字，然后互相传阅。

怀德小姐仍然没有处罚大家。有一天下午，她敲着讲台，让大家注意，然后对大家说，她相信他们不是有意的。她还说她不想处罚孩子，她要用爱和大家相处，而非恐吓。她喜欢大家，并且相信大家也喜欢她。这话就连那些大点的女孩子听起来，也觉得很假。

"同一窝的小鸟不会打架。"她笑着说。劳拉和艾达听了觉得浑身不自在。这话表明，怀德小姐对小鸟一点概念都没有。

怀德小姐一直保持着微笑。即便她的眼神看上去十分焦虑，脸上的笑容也没有消失。但是她只有在朝向内莉·奥利森时，笑容才是真实的。也许她觉得内莉·奥利森是可以依赖的。

"她应该是一个虚伪的人。"一天课间休息时，米妮小声地说。

她们都站在窗边看男孩打球。怀德小姐和内莉在炉子边聊天。窗边没有炉子边暖和，但其他女生宁愿站在窗边。

"我觉得她其实不是那样的人，"玛丽·鲍尔说，"你说是吗，劳拉？"

"恩，"劳拉说，"不完全是。我觉得她只是缺乏判断力，她的书本知识很丰富，是一个有学问的人。"

"是的，"玛丽·鲍尔说，"但一个人是不是可以同时懂书本知识和生活常识呢？如果她管不住这么小的孩子，那等那些大男孩来上学时，会发生什么事？"

米妮很激动，她的眼睛很亮。艾达大声地笑个不停。无论发生什么，她总是这么友善。玛丽·鲍尔倒比较冷静，劳拉则有点焦虑。劳拉说："我们不能在学校里惹麻烦！"我必须得学习，然后拿到教师资格证。

她和卡莉住在镇里，中午可以回到家里，吃上一顿热乎乎的饭菜。热饭菜对卡莉的身体比较好，尽管她仍然面色苍白、瘦瘦小小的，还总觉得累，并且常常头疼，甚至没法学习拼写。劳拉一直在帮她，但她往往早晨记得住，到了下午就开始出错。

艾达和内莉带了午饭，留在学校吃，怀德小姐也一样。她们一起惬意地在炉边吃饭。当其他女生回校时，

草原小镇
Little Town on the Prairie

艾达会加入她们的活动，而内莉会和怀德小姐聊上整个中午。

好几次，内莉和其他女生聊天时都笑着透露："最近，我会有机会坐上莫干马拉的新马车，你们等着瞧吧！"女生们对此毫不怀疑。

一天中午，劳拉把卡莉带到炉边，给她脱下围巾。怀德小姐和内莉也在那里聊天。劳拉忽然听到怀德小姐说到"学校董事会"，接着她俩都看着劳拉。

"我要摇铃了。"怀德小姐急匆匆地说，她经过劳拉身边时看也不看劳拉一眼。劳拉心想，也许怀德小姐对学校董事会有所不满吧，每当看见劳拉就会想起劳拉的爸是学校董事会的。

这天下午，卡莉拼错了三个词，可卡莉面色苍白，十分可怜，她已经很努力了，也许她又头痛了。不过，让劳拉欣慰的是，玛米·毕兹利也拼错了。

怀德小姐合上书，说自己很失望、很难受。"回座位吧，玛米，将这一课重学一遍吧。"然后她说，"卡莉，你来黑板前面来，给我写'cataract''separate''exasperate'这几个词，每个词写五十遍，不许写错。"

她的口气里带着嘲讽。

虽然劳拉尽力控制自己，可还是受不了。怀德小姐这

是在处罚可怜的小卡莉，是让她当着全班同学的面出丑。这太不公平了！玛米也拼错了，可怀德小姐却放过了她，要惩罚卡莉。她应该看到卡莉的努力了，卡莉的身体很虚弱。她太自私、太残酷了、太不公平了！

劳拉无助地坐着。卡莉虽然很值得同情，但也很勇敢。她浑身发抖地来到黑板前，强忍着眼泪，纤瘦的小手慢慢地写，一长段，又一长段，尽管她在继续写，可脸色却越来越苍白。忽然，她脸色一片灰暗，双手紧紧抓着黑板槽。

劳拉举起了手，接着跳了起来，没等怀德小姐允许她就说："放过卡莉吧，她要晕倒了。"

怀德小姐飞快地转过头，看了看卡莉的样子。

"卡莉！你坐下吧！"她说。卡莉面无血色地冒着汗。劳拉知道她已经度过了危险期。"坐在前排吧。"怀德小姐又说。卡莉终于回到了座位上。接着，怀德小姐回过头来对劳拉说："既然你不想让卡莉写，那么，劳拉，就由你到黑板这儿写吧。"

全班一片安静，大家都看着劳拉。对劳拉这样的大女孩来说，被罚站在黑板前写字可不是件光彩的事。怀德小姐看着劳拉，劳拉也用力地瞪了回去。

她走到黑板前，拿着粉笔，开始写字。她觉得脸上火辣辣的，可是过了一会，她就知道大家都没笑话她。她不停地写，一样的字，一个接一个地重复地写。

有好几次她听到身后传来阵阵低低的声音："嘶！嘶！"教室里跟平时一样闹哄哄的。然后，她听到有人喊："劳拉！别写！"

查理做了个手势，小声地说："嘶！别写啦！就跟她说，你不写！我们都支持你！"

劳拉浑身发热，但她不能在学校闯祸。她笑了笑，然后皱了皱眉，冲查理摇摇头。查理失望地坐了回去，显得很失望，但没出声。这时，劳拉瞧见怀德小姐正生气地看着她。她知道她看见了整个过程。

劳拉转过去，面对黑板继续写。怀德小姐没有跟她和查理说一句话。劳拉心中很不平：她没权冲我发火，她应该有点风度，夸我帮她维持教室的秩序。

那天晚上放学时，查理和他的小朋友克拉伦斯、阿弗雷德紧随在劳拉、玛丽·鲍尔和米妮身后。

"明天我要好好地对付一下那个人！"克拉伦斯大声地说，好让劳拉听见他说的话，"我要在她椅子上安根针。"

"我先把她的尺子毁了，"查理向克拉伦斯保证，"那样即使她抓住了你，也没办法惩罚你了。"

劳拉转过身，走到后面去。"不要这么做，好吗？"

她说。

"为什么不呢？这样很有趣啊，她也不会把我们怎么样。"查理反驳道。

"但这有什么意思呢？"劳拉继续说，"好男不跟女斗。就算你们不喜欢她，我也不想看到你们这样。"

"好——吧，"克拉伦斯放弃了，"好吧，那我就不干了。"

"我们也不干了。"阿弗雷德和查理也同意了。劳拉知道，尽管他们不情愿，但他们会信守诺言的。

晚上在灯光下学习时，劳拉说："怀德小姐不喜欢卡莉和我，我也不知道是因为什么。"妈停下手中的毛线活儿，说："肯定是你瞎想的，劳拉。"

爸的头从报纸上抬起来，说："你只要不给她任何处罚你的理由，很快你就觉得不一样了。"

"我说不清她为什么不喜欢我，爸，"劳拉严肃地说，"或许是内莉·奥利森影响了她。"说完，她就继续埋头看书了。她觉得怀德小姐太听信内莉·奥利森的话啦。

第二天，劳拉和卡莉很早就到学校了。除了怀德小姐和内莉，没有别的人坐在炉边。劳拉道声"早上好"后，就走到暖炉边取暖，木炭筐的破角挂住了她的裙角。

"啊！"劳拉尖叫了一声，想去解开。

草原小镇
Little Town on the Prairie

"你的裙子破了吗,劳拉?"怀德小姐问,"为什么不弄个新木炭筐来呢?你爸是校董,你可以拥有一切想要的东西。"

劳拉很讶异地看着她。"我不能!"她尖叫起来,"倒是如果你想要,可能有机会有一个新的木炭筐。"

"谢谢。"怀德小姐说。

劳拉不明白怀德小姐为什么要用这样的口气跟她说话。内莉在一旁装着在专心看书,但嘴角却露出一丝坏笑来。劳拉不知道该说什么,于是索性什么也不说了。

整个上午教室都很吵。但那几个男孩都遵守了诺言。他们比平时表现得更好一点。他们没有心思学习,怀德小姐为此很无奈,劳拉觉得她很可怜。

下午开始上课时,教室安静了许多。劳拉认真地听课,她一边记一边想着巴西的出口。卡莉和玛米·毕兹利也在认真学习。她们的头凑在一起,眼睛盯着拼读课本,一边轻轻地念着,一边拼写单词。但她们没注意到,她们前仰后合时,椅子也跟着在摇晃,

肯定是固定椅子的螺钉松了,劳拉想。因为移动椅子没发出什么声音,因此没什么大问题。劳拉又开始看书,思考海港的事。

忽然,她听到怀德小姐扯着尖尖的嗓子喊:"卡莉和玛

127

米,你们两个把书放下,就在那里一直摇椅子吧!"

劳拉抬起头。卡莉也很吃惊,她睁着眼睛,张着小嘴,尖尖的小脸一阵白一阵红。接着,她和玛米放下了书,温顺、安静地开始摇椅子。

"我们必须保持安静,才可以好好学习,"怀德小姐用甜甜的声音解释道,"从今以后,打扰我们的人,可以继续他/她手上的事,直到厌烦为止。"

玛米不怎么在乎,可卡莉却难受得要哭起来了。

"继续摇吧,没我的批准,你们不许停下来。"怀德小姐的声音很古怪,很挑衅。她站到黑板前,给男生讲解一道算术题,但男生们都没心思听。

劳拉试着去转移注意力,专心想关于巴西的事情,但办不到。没过多久,玛米扬着头大着胆子跨过过道,坐到了另一张椅子上。

只有卡莉继续摇,但双人椅太沉了,她一个小女孩根本摇不动。慢慢地,椅子动不了了。

"继续摇啊,卡莉。"怀德小姐甜甜地说,自始至终她没说玛米一句。

劳拉气得脸通红,她要爆发了。她很不喜欢怀德小姐,她太不公平、太自私了。玛米坐在一旁,拒绝受罚,怀德小姐却说她一句。卡莉的身体很差,她一个人摇不动

草原小镇
Little Town on the Prairie

那么重的椅子。劳拉狠狠地咬着嘴唇,坐在位置上。

她心想,怀德小姐马上就会放过卡莉的。卡莉的脸色很苍白,她尽最大的努力在摇椅子。可是椅子太沉了,她一个人实在摇不动。

"摇快点,卡莉!快一点!"怀德小姐说,"你想摇就摇吧。"

劳拉终于控制不住了,她站了起来,大声说道:"怀德小姐,如果你想让椅子摇得快一点,我来帮你!"

怀德小姐开心地说:"来啊!你用不着拿书了,就光摇椅子吧。"

劳拉急匆匆地走过过道,她轻声对卡莉说:"好好坐着,休息一会。"然后她分开双脚,稳稳地抵住地板,开始摇椅子。

爸说得没错,劳拉体质很好,像匹法国小马。

"砰!"椅子的后腿儿碰到地板上。

"咚!"椅子的前腿儿碰到地板上。

椅子上的螺钉全松了,"砰!咚!砰!咚!"但它仍然有节奏地摇着。劳拉开心地摇着椅子,卡莉则坐着休息。

但摇椅子也没能释放劳拉心中的怒火。她越摇越生气,越气摇得越快,声音也就越大。"砰!咚!砰!咚!"大家都学不下去了。

129

小木屋的故事
Little House Books

"砰！咚！砰！咚！"声音太大了，怀德小姐已经听不见自己的说话声了。她扯着嗓子，叫那些学阅读课本第三册的学生过来背书。

"砰！咚！砰！咚！"连说话声都听不到，大家都背不下去了。

"砰！咚！砰！咚！"

怀德小姐提高嗓门喊："劳拉，你带上卡莉回家吧。"

"咚！"劳拉终于停了下来。教室恢复了安静。

尽管大家都听说过被赶回家这种事，但还是第一次见到，这种惩罚比挨打还要严重得多，仅次于退学了。

劳拉抬起头，收拾好卡莉和自己的书。卡莉战战兢兢地等在门口。教室里一片死寂，玛丽·鲍尔和米妮很同情劳拉，于是她们不看劳拉。内莉·奥利森也死盯着书，可嘴角上露着奸笑。艾达一脸同情地看着劳拉。

卡莉把门打开，劳拉走了出去，然后带上了门。

她们在校门口戴上了围巾。学校外面的所有事物都很怪，因为现在才两点钟左右，离放学回家的时间还早呢！所有街上都一个人也没有。

"劳拉，接下来我们要做什么？"卡莉可怜地问。

"回家呗。"劳拉回答。

她们往家里走去。

草原小镇
Little Town on the Prairie

"爸妈会说什么呢？"卡莉很担心。

"回到家就知道了，"劳拉说，"他们不会怪你的，你是对的。是我的不对，因为我使劲地摇椅子。"她又说，"但我很开心！我还想再做一次。"卡莉倒不在乎这是谁的责任，但一想到被赶回家这件事，她就满心不安。

"劳拉！"卡莉说着把自己戴着手套的小手塞进了劳拉的大手里。她们都默不作声，手拉手继续往前走。穿过了大街，她们来到了家门口。劳拉开了门，和卡莉一起走了进去。

爸正在桌上写些什么。妈从椅子上站了起来，她手里的毛线团滚到了地板上，小猫开心地扑了上去。

"发生什么事了？"妈惊叫道，"姑娘们，发生了什么事？卡莉病了吗？"

"不是，我们被赶回家了。"劳拉回答道。

妈坐下来，无助地看着爸。屋子里一片安静，爸严厉地问："为什么？"

"是我不对，爸，"卡莉赶紧回答，"虽然我不是有意摇椅子，但的确是我和玛米先开始摇的。"

"不，是我的错。"劳拉争辩道。她将事情的来龙去脉说给爸听。接着，屋子里又是一片死寂。

爸厉声说道："明天早上，你们两个还回去上学，就当

什么事也没发生。也许这是怀德小姐的错，但她是老师。我不准我的孩子在学校里闹事。"

"爸，我们不会闹事的。"劳拉和卡莉保证。

"现在，把你们的校服换下，去学习吧，"妈说，"今天下午你们就待在家里学习。明天就照爸说的去做，也许这事就这样过去了。"

校董来视察

当第二天早上内莉·奥利森看见劳拉和卡莉出现在教室时,既惊奇又失望,也许她希望她们永远也不来上学。

"很高兴你们能回来!"玛丽·鲍尔说。艾达轻轻地在劳拉的手臂上捏了一下,说:"不能让她得逞,她想用卑鄙的手段把你们从学校里赶出去。"

"什么事都不能剥夺我受教育的权利。"劳拉答道。"我觉得,如果你被开除了,你就没机会接受教育啦。"内莉插嘴说。

劳拉看着她说："我什么都没做，不应该被开除。"

"你当然不会被开除，因为你爸是校董。"内莉说。

"我希望你不要再说'你爸是校董'这样的话了，"劳拉说，"我不明白这到底和你有什么关系——"但她的话还没说完，上课铃声就响了。她们回到了座位上。

卡莉很小心，她尽量想表现得更好一点，劳拉也听了爸的话，表现得很好。她不去想《圣经》上说的那种只有外表干净的杯盘，但她此刻就是那样的杯盘。她非常讨厌怀德小姐，因为她对待卡莉的方式太残忍了，而且非常不公平。劳拉想报复她。表面上看，劳拉行为良好，但内心深处根本不听话。

教室里还是头一回这么吵，到处都充斥着翻书和窃窃私语的声音。只有年龄较大一点的女孩和卡莉坐在那儿看书。无论怀德小姐转到哪个方向，背后都是闹哄哄的噪音。忽然，有人发出一声尖叫。

查理跳起来，双手捂着屁股叫道："大头针！我的座位上有个大头针！"他拿起一枚大头针递给怀德小姐看。

怀德小姐紧咬着双唇。这一会儿她没笑。她大声叫道："你到这儿来，查理。"

查理挤眉弄眼地慢慢走到讲台前。

"伸出你的手来。"怀德小姐一边说着，一边伸手拿尺子。但她摸了一会儿，接着往讲台的抽屉里看，却找不到尺子。她问大家："谁见到我的尺子了？"

没人举手。怀德小姐气得脸通红。她对查理说："去，到墙角面向墙站着！"

查理走到墙角，还一直用手揉着屁股，就好像屁股被针扎了一样。克拉伦斯和阿弗雷德都大声地笑了起来。怀德小姐转头看他们，查理立刻用更快的速度转过头，在她背后做了个鬼脸，全班男生都哈哈大笑起来。当怀德小姐掉头看大家笑什么时，查理已经转回头了，怀德小姐只来得及看到他的后脑勺。

这样持续了三四次，但查理的速度一直比怀德小姐快。全班都在大笑，只有劳拉和卡莉目不斜视地看书。大女生们用手绢捂着嘴，尽量不笑出声来。

怀德小姐大声叫着维持秩序，但她找不到尺子，只能用指关节敲桌子，不过教室的秩序仍然很乱。她没办法每分每秒盯着查理，只要她转过头，查理就会朝她做鬼脸，然后教室里就会爆出大笑。

男生们并没有违背对劳拉的承诺，但对他们来说，承不承诺是一样的，因为他们有更调皮的花样。劳拉也不在乎，说实在的，她很满意他们的表现。

克拉伦斯从座位上滑下来，爬上了过道，劳拉朝

他笑了笑。

课间休息时，劳拉也待在教室里。她知道男生们肯定在捣蛋，她故意待在听不到他们说话的地方。

课休时间过后，课堂更乱了。小纸团在教室里到处飞，小女生也在窃窃私语，互相传着纸条。每当怀德小姐站在黑板前，克拉伦斯就会从座位上滑下，在过道上爬来爬去，他的身后是奥菲尔德，查理也像一只轻手轻脚的小猫，从过道上跑了下来。

他们在征求劳拉的同意，劳拉朝他们笑了笑。

"你在笑什么，劳拉？"怀德小姐转身严厉地问。

"我笑了吗？"劳拉抬起头惊讶地说。教室里一片沉寂，男孩们都坐回了座位，大家都在忙着学习。

"难道你没笑？"怀德小姐说着，严肃地看着劳拉，然后又转向黑板。这时，整个教室除了劳拉和卡莉，大家都哈哈大笑。

一整个上午，劳拉都安静地学习，除了时不时偷偷看看卡莉。有一回卡莉也转过头来看她，她把手指放在嘴唇上，示意卡莉不要出声，认真看书。于是卡莉又看起书来。

无论怀德小姐转到哪个方向，身后都十分嘈杂，她不知道该怎么办。于是，这天中午，她提前了半小时放学了。劳拉和卡莉回到家时，又被问为什么这么早到家。

她们如实讲了学校里的混乱情况，爸的表情很严肃。但他只说："你们两个一定不能闯祸。知道吗？"

她们照着爸的话做了。但第二天学校更乱。所有学生都在公开嘲笑怀德小姐。她不想原谅怀德小姐，因此她没有阻止这些事。

大家都在捉弄、取笑怀德小姐，就连内莉也参与了进来。她依旧还是老师的宠儿，但她现在却把怀德小姐跟她说过的每句话都透露给了其他女生。有一天她告诉大家，怀德小姐名叫伊莱扎·琼。

"这是秘密，"内莉说，"她很早以前就告诉我了，但她不希望别人知道。"

"这是为什么，"艾达疑惑地问，"伊莱扎·琼是个很好听的名字。"

"让我告诉你原因吧！"内莉说，"因为她小时住在纽约州。有一天，学校来了个脏兮兮的小女孩，她被安排和怀德小姐坐在一起，而且——"内莉示意大家靠近点，然后小声地说，"她头发里有虱子。"

女孩们都向后倒，玛丽·鲍尔惊叫："这太恐怖了，不要讲了，内莉！"

"我本来不想讲的，是艾达要问我的。"内莉说。

"内莉·奥利森，我可没问你什么！"艾达大声反驳道。

"你问过！还没完，继续听吧，"内莉"咯咯"地笑起来，"事情还没完呢。她母亲给老师写了个字条，老师就让那脏姑娘回家，于是这件事被所有人知道了。一整个上午怀德小姐的母亲都不让她去上学，并仔仔细细地给她梳了头发。怀德小姐哭得很凶，连学校也不敢回，回学校的路上磨磨蹭蹭，然后就迟到啦。课间休息时，全班同学在她周围围了一圈，对她不停地喊：'懒姑娘，虱子丫头！'只要她在学校，别人就会疯狂地对她喊：'懒姑娘，虱子丫头！'从那时起，她就受不了自己的名字了。"她形容得很好笑，大家听了都哈哈大笑，虽然这样做大家都觉得有点惭愧。从那以后大家就打定了主意，绝不能告诉内莉任何事情，因为她根本就是棵墙头草。

学校里太嘈杂、太混乱了，一点也不像学校。怀德小姐她气极了，她没有办法同时顾及到这么多人。学生们摔写字板、课本，乱扔纸团，还吹口哨，有的甚至在过道上乱跑乱跳。大家同心协力和怀德小姐作对，为难她，取笑她，讽刺她。

劳拉很担心这种反怀德小姐的情绪会变得不可收拾，而且秩序糟得她都没法继续学习。如果继续这样下去，

草原小镇
Little Town on the Prairie

她就没办法尽早拿到教师资格证，供玛丽继续上学了。也许仅仅因为自己的两次调皮微笑，就会让玛丽不得不辍学了。

她现在知道她根本不该那样做。但她并不后悔。她没办法原谅怀德小姐。只要一想到她是怎么对待卡莉的，她就会心肠变硬，愤怒得就像燃烧的火焰。

一个礼拜五上午，艾达不想在这样的环境里学习，于是她开始在石板上画画。那些学第一册拼写课本的小学生也故意拼错了字。怀德小姐让他们都到黑板上写。然后她就站在黑板前和座位上的学生中间。艾达忙着画画，她一边晃着腿，一边哼着曲子。劳拉用拳头捂住了自己的耳朵，试图好好学习。

怀德小姐宣布下课休息时，艾达把她的画拿给劳拉看。她画的是怀德小姐的漫画像，画得很逼真。在画像下，艾达还写着：

> 我们开开心心地上学，大笑，
> 长胖是唯一要做的事情。
> 我们笑得腰酸背疼，
> 笑那懒姑娘，虱子丫头。

"写这首诗可并不是件容易的事。"艾达说。玛丽·鲍尔和米妮都非常欣赏这幅画,她们大笑起来。玛丽·鲍尔说:"你干吗不找劳拉帮你写呢?她很擅长写诗。"

"噢,劳拉,你愿意帮我吗?"艾达问。劳拉接过写字板和笔,在大家期待的目光中想到了一首曲子,并填起词来了。她只不过想让艾达高兴,也许也带着点炫耀自己的意思。她在艾达擦干净的位置写了首诗:

> 我们上学欢乐多,
> 笑着长胖是校规,
> 笑得腰酸又背疼,
> 笑那懒姑娘、虱子丫头。

大家都非常高兴。玛丽·鲍尔对艾拉说:"你看我说的没错吧?劳拉行的。"这时,怀德小姐摇铃了。课间休息时间结束了。

男孩们吵吵嚷嚷地走进教室。查理经过时,看到了石板,艾达笑着把石板递过去。

"啊,不要这样!"劳拉低声叫道,但已经晚了。到中午时,石板画已经在男孩子中传遍了。劳拉害怕怀德小姐发现石板,因为艾达的画和她的笔迹都在上面。不

草原小镇
Little Town on the Prairie

过担心是多余的,因为石板被传回来了,而艾达立刻给擦干净了。

窗外阳光灿烂,大家都走出了教室,准备回家吃晚饭。劳拉听见男生们一边朝大街走去,一边唱道:

> 我们上学欢乐多,
> 笑着长胖是校规,
> 笑得腰酸又背疼,
> 笑那懒姑娘,虱子丫头。

劳拉不舒服地打了个寒战。她大声地叫道:"不能让他们唱,我们得阻止他们。嘿,玛丽·鲍尔,米妮,快来,快呀。"劳拉继续叫:"查理!克拉伦斯!"

"他们听不到的,"米妮说,"我们控制不了他们的。"

男生们在大街上散开了。劳拉还没来得及喘口气,一个男生又唱上了,其他人也跟着唱:

> 我们上学欢乐多……

"噢,他们怎么都搞不清状况呀!"劳拉说。

"劳拉,"玛丽·鲍尔说,"我们只能不说出去这是谁

做的了。艾达不会说，我也不会，米妮，你也不会，是吧？"

"嗯，"米妮发誓道，"可是内莉·奥利森呢？"

"她不知道。整个课间休息时间她都在跟怀德小姐聊天。"玛丽·鲍尔提醒她们，"你也不会说吧，劳拉？"

"除非爸妈问，不然肯定不会说。"劳拉说。

"也许他们都想不到，这样就没人知道了。"玛丽·鲍尔安慰劳拉。

吃饭时，查理和克拉伦斯经过，他们唱着那首小调。爸说："我还是头一次听到这首歌。你听过这首唱着'懒姑娘、虱子丫头'的歌吗？"

"没有，"妈说，"看起来不像什么好歌。"

劳拉没出声，有史以来她第一次这么难受。

男生们在学校周围唱着这首歌，内莉的弟弟威利也加入了他们的行列。教室里，艾达和内莉正站在窗边，那位置离怀德小姐最远。内莉气坏了，因为怀德小姐肯定知道内莉讲了她的事情了。内莉想知道这诗是谁写的，但艾达并没告诉她，大家都不会说。当然，她弟弟威利是知道的，或者也可以通过其他方法查到。如果他告诉她，她就会告诉怀德小姐。

从那天晚上放学到礼拜六一整天，男孩子们都在唱这

草原小镇
Little Town on the Prairie

首歌。天气好时,他们会到外面唱。劳拉真希望可以下一场暴风雪,将他们赶回屋子。她头一次觉得这么惭愧,她将内莉刻薄的话公之于众,比内莉还坏。她很自责,但更抱怨怀德小姐。如果她对卡莉好一点,劳拉绝不会惹这些麻烦的。

那天下午,玛丽·鲍尔来劳拉家玩。她们周六下午经常互相串门,一起做事。她们坐在阳光明媚的前屋,非常开心。

她们正在准备圣诞礼物,劳拉在织柔软的白羊毛背心,用来送给玛丽。玛丽·鲍尔在做一条丝质领带,是送给她爸的。妈边摇摇椅边织毛线,偶尔会念一段教会出版的《前进报》上的消息。格蕾丝正四处跑,卡莉在用九块碎布缝拼布被子。

下午十分舒适。冬日的阳光从窗外流淌进来,暖炉里的炭火把屋子烤得暖洋洋的。凯蒂已经很大了,它伸了伸懒腰,躺在地毯上晒太阳,没过多久又弓着背靠着前门,"喵喵"地叫着要出去,看看周围有没有狗。

凯蒂在镇上很出名。它非常漂亮,全身青白相间,身材又很修长,尾巴也长长的,大家都很喜欢它。但它只认家里的人,只有劳拉一家人才可以摸它。如果其他人摸它,它就会跳起来去抓人家的脸。

143

它喜欢坐在门前的台阶上，四处张望小镇。男孩子们，有时候是大人，会拉条狗过来，期望看到一场好戏。但无论狗如何吼叫，凯蒂都会平和地坐着，不过它已经做好随时应战的准备。当狗冲过来时，凯蒂就会腾空而起，发出一声吓人的叫声。然后，它的四只脚准确地落在狗背上，四只利爪扎进狗背，狗马上落荒而逃了。

狗没命地往前跑，凯蒂默不作声地骑在狗背上，狗甩不掉它，只好一直狂叫。当凯蒂觉得离家太远时，就会跳下狗背，可狗还会继续拼命往前跑。凯蒂翘着尾巴，雄赳赳气昂昂地回家了。只有刚来的狗才会不知死活地向凯蒂挑战。

礼拜六下午是最欢乐的时光。玛丽·鲍尔很友善，她给家里增添了许多温馨，凯蒂逗得大家很开心。但劳拉怎么也高兴不起来。她坐在那里担心又听到男孩们唱那首歌，因此心情十分沉重。

我应该跟爸妈坦白，她想。尽管她还是很憎恨怀德小姐，但她写诗时，并没想伤害谁。她是在课间写的诗，又不是在课堂上，但这些事情很难解释清楚。或许，正如妈说的，事情总会过去的。或许在这个时候，有人会告诉爸。

玛丽·鲍尔也很困惑。她俩都织错了，又拆了重新织。

草原小镇
Little Town on the Prairie

本来她们可以织更多的。现在她们都不讨论学校的事情了，也不再期待礼拜一了。

礼拜一过得特别糟糕。班上连装模作样学习的人都没有。男生们吹着口哨、学猫叫、在过道上打架。小女生们都在窃窃私语，然后咯咯地笑，甚至互相换座位。只有卡莉在认真读书。怀德小姐一遍又一遍地喊："安静，请安静"，也没人理她。

这时有人敲门，坐得离门最近的劳拉和艾达听见了，她们相互看了看。敲门声又响起来了，艾达举起手，怀德小姐没看到。

忽然，门口又传来响亮的敲门声，这下大家全都听到了。门开了，教室里的嘈杂声慢慢地消失了。爸走进来，他后面跟着两个劳拉不认识的人。

"早上好，怀德小姐，"爸说，"校董决定视察一下学校。"

"是时候做点事情了。"怀德小姐回答。她的脸一阵红一阵白，她对另外两人说："早上好！欢迎你们。"爸和他们一起走到前面，环顾四周。

大家都安安静静地坐着，劳拉的心跳越来越快。

"我们听说，你们遇到了些麻烦。"高个儿严肃但友好地说。

"是的，很高兴能有这个机会向先生们解释情况，"怀德小姐气呼呼地说，"都是劳拉·英格斯，所有的乱子全是她惹的。她觉得她可以管理好这所学校，因为她爸是校董。英格斯先生，这全是真的！她吹嘘她可以管好学校。但她没想到我会听到这些话，可我听到了！"她愤怒地看着劳拉。

劳拉呆住了，她没想到怀德小姐竟然会撒谎。

"我很抱歉，"爸说，"但我能肯定，劳拉绝对不是故意的。"

劳拉把手举了起来，但爸朝她轻轻摇了摇头。

"她煽动男生们做粗鲁的行为，麻烦才会这么多。"

怀德小姐接着说，"劳拉·英格斯鼓动男生干坏事、恶作剧。"

爸对查理眨了眨眼睛，说："据说你被罚了，因为坐在大头针上。"

"不是的，先生！"查理一脸无辜地答道，"是因为拿掉大头针受罚。"

那个态度友好的校董听了之后，强忍着笑干咳了几声，就连一脸严肃的高个儿也被逗得胡子一抖一抖的。怀德小姐的脸霎时变成了暗红色。爸非常冷静，其他人也没笑。

草原小镇
Little Town on the Prairie

接着,爸缓慢而沉重地说:"怀德小姐,我们是想让你知道,为了支持你维持学校的秩序,今天校董会才会来学校的。"然后,他严肃地看着全班同学,说:"大家都必须听怀德小姐的话,要守规矩,努力学习。我们需要把学校打造成一所好学校。"

爸说这话时很严肃,他一直相信学校的状况会好起来的。班上很安静。校董们离开后,还是静寂,大家都安静地学习,拼命地背读课文。

回到家时,劳拉还是很安静,她不知道爸会对她说些什么。在爸开口之前,她还不能告诉爸整个事情的经过。直到洗完盘子,大家都坐在台灯下时,爸才提到了这件事。

爸放下报纸,看着劳拉慢慢地说:"现在你该解释一下你对别人说了什么。为什么怀德小姐会觉得因为我是校董,你就能管理学校呢?"

"我没有这么说,也没这么想,爸。"劳拉认真地回答道。

"我相信你没说,"爸说道,"但她不可能无缘无故地这么认为啊。想想看,会是什么原因使她这么想呢?"

劳拉绞尽脑汁地想。她一直在考虑怎么为自己辩解,告诉爸其实是怀德小姐在撒谎,但没去考虑怀德小姐为什

147

么会这么说。

"你是不是和别人说过我是校董？"爸问。

内莉·奥利森的确经常提到这件事，但是劳拉只希望她别说。这时，劳拉忽然想起她和内莉吵架的事，当时内莉差点打劳拉了。劳拉回答道："内莉·奥利森告诉我，怀德小姐说即使你是校董，你也没有发言权。我就说——"

那时劳拉十分气愤，情急之下也想不起自己到底说了什么。"我说，你和别的校董一样有发言权。我还说，'真糟糕，你爸爸在镇上没房子。如果你们不是乡巴佬，你父亲也将是校董。'"

"唉，劳拉，"妈伤心地说，"你激怒她了。"

"我就是要气她，"劳拉说，"那时我们住在梅溪边，她就一直取笑我和玛丽，说我们是乡下姑娘。她现在能体会听到这种话是什么感受了吧！"

"劳拉，劳拉，"妈伤心地劝她，"你怎么那么斤斤计较呢？那已经是好几年前的事情了。"

"她对你很粗鲁，对杰克也不好。"劳拉满眼泪水地说。

"没关系，"爸插话进来，"杰克是条好狗，它已经完成自己的使命了。一定是内莉歪曲了你的意思，然后传给了怀德小姐，这样麻烦就来了。"他把报纸拿起来，继续

草原小镇
Little Town on the Prairie

说:"劳拉,你应该吸取吸取教训。'向你说别人坏话的人,也会对别人说你的坏话。'这句话一定得记牢了。"

好一会儿,大家都不说话,卡莉开始学习拼写。妈对劳拉说:"拿来你的签名纪念册,我想写点东西给你。"

劳拉上了楼,拿来了签名纪念册,坐到了桌边。妈拿着她那支珠贝笔杆的笔开始写字。写完之后,她仔细地在灯上烘干字迹,然后把签名纪念册还给劳拉。

光滑、乳白的页面上,印着妈的字迹:

如果你要聪明地寻求智慧之路,就要细心地观察以下五件事:

你在对谁说话?你要表达的是什么意思?要怎么说?选择什么时候说?在什么场合说?

爱你的妈
卡洛琳·英格斯
1881年11月15日于德斯密特

名 片

当大家都准备好了过冬,冬天的感觉却找不到了。白天阳光十分灿烂,冰冻的大地上没有一点雪的痕迹。

秋季学期结束后,怀德小姐就回明尼苏达州去了。新来的老师名叫克里维特。他的话很少,也很严肃,他觉得纪律是最重要的。学校里很安静,课堂上只能听到低低的背书声,大家都在勤奋地学习。

所有的大男孩都回到学校了。凯普·加兰也回来了,他的脸晒得很红,淡黄的头发和淡蓝色的眼睛看起来差不

草原小镇
Little Town on the Prairie

多都是白色依旧没变。他脸上的笑容仍然一闪而过，却非常温暖。大家都还记得他和阿曼乐·怀德去年冬天的惊险旅行。他俩为大家运来了小麦，人们才不至于饿死。班恩·鸟沃兹也来到学校了，火车停运后，弗雷德·吉尔伯特的父亲送来了最后一封信，就连米妮的哥哥阿瑟·琼森也回来了。

天还是很晴。课间和中午，男生们都在一块打棒球，但大女孩们不再去教室外玩了。

内莉在织毛线。艾达、米妮和玛丽·鲍尔都站在窗边看球赛。偶尔，劳拉也会站在那边看，但她一般都是坐在座位上学习。她觉得时间很紧迫，她已经快要十五岁了，她担心十六岁时拿不到教师资格证。

"啊，快来，劳拉，快来看他们打球。"一天中午，艾达哄劝她，"你还有整整一年时间呢，不用这么勤奋。"

劳拉合上书，她觉得很开心，因为女孩子们都很需要她。内莉高傲地扭着头，"真好，我不用去当老师。"她说，"就算我不去工作，我的家人也可以生活。"

劳拉尽量小声地用甜甜的声音说："你当然不用啦，内莉。可你要明白，我们不是穷人，不需要靠东部的亲戚来养活的。"

内莉很生气，她几乎说不出话来，玛丽·鲍尔冷冷地

插话:"劳拉想当教师,这和任何人都没关系。劳拉非常聪明,她将是个好老师的。"

"是啊,"艾达说,"她可比我们懂事多了……"她的话还没说完,就停了下来。因为门开了,走进教室的是凯普·加兰。他刚从镇上过来,手上还拿着个小纸袋。

"嘿,女孩子们,"他边说着边看玛丽·鲍尔,笑得很开心,他将口袋递给她,"吃些糖果吧?"

内莉的反应很迅速,"哦,凯普!"她叫了一声,然后抓过袋子,"你怎么知道我喜欢吃糖?这可是镇上最好吃的糖果啦!"她看着凯普,露出劳拉从没未见过的表情。凯普被惊吓到了,他有些不好意思。

"你们也吃点吗?"内莉装作大方地跟大家说,然后迅速地给将袋子打开给每个人看。她拿了颗糖,接着将纸袋放进自己的裙子口袋里。

凯普看了看玛丽·鲍尔,但她扭头朝其他地方看了,凯普非常无奈,只好说:"好吧,很开心你能喜欢。"说完他就出去打球了。

第二天中午,他又带来了些糖果。他还是想送给玛丽·鲍尔,可又被内莉抢先了一步。

"哦,凯普,你实在太好了,总送糖给我吃。"她笑容灿烂地对他说。这次她拿了糖就走开了。她的眼中除了凯普，没有其他人。"我不是小猪，什么都吃独食，你也吃一块吧，凯普。"她哄他说。他拿了一块后，内莉迅速地吃光了剩下的糖。她边吃边轻声地说凯普的好话，说他实在太好啦，又高大又结实。

凯普不知道该怎么办，可还是非常开心。劳拉觉得他根本没办法对付内莉。玛丽·鲍尔才不屑同内莉竞争呢。劳拉很生气，她想：像内莉这样的女孩，想什么就会一定得到什么吗？她想要的可不仅仅是糖果啊。

当克里维特先生敲响铃声时，内莉还喋喋不休地对凯普说着话，大家都装作没看见。劳拉邀请玛丽·鲍尔在她的签名纪念册上签了名。所有的女孩都彼此的签名纪念册上签了字，只有内莉没有，因为她没有签名纪念册。

玛丽·鲍尔坐在桌旁，拿着钢笔认真地写着。其他女孩都等着，等着读她写的诗。她的字非常漂亮，选的诗也非常美。

> 山谷的玫瑰会凋谢，
> 青春的欢乐都会逝去，
> 但友情之花却会常开。

劳拉的签名纪念册里有许多珍藏。读完妈的诗后，再

翻一页就是艾达的诗了：

在记忆的金盒中，
留一颗珍珠给我。

爱你的朋友：艾达·赖特

凯普经常越过内莉的肩膀看她们一眼，但大家都不关注他和内莉。米妮请劳拉写点东西在她的签名纪念册上，劳拉说："要是你给我留言，我也给你写。"

"我会尽力的，不过我的字没玛丽的漂亮，她的字跟铜板刻出来的一模一样。"米妮边说边坐下来写道：

当我写下的名字开始模糊了，
签名纪念册的书页也黄了，
你仍要记着我，别把我忘了，
无论我在哪，永远地想念着你。

米妮·琼森

这时上课铃声响了，大家都回到了各自的座位上。

下午课间休息时，内莉嘲笑签名纪念册，她说："这都已经过时啦。"她说，"我以前也有一本，可我现在一点也

草原小镇
Little Town on the Prairie

不想要这种古董了。"大家都不相信她说的话。但她又说:"在东部,就是我原来住的地方,现在流行的是名片。"

"什么是名片?"艾达问。

内莉装作很惊讶,然后她笑道:"嗯,你当然不知道。我会把我的名片带来学校给你们看,不过我不给你们,你们可没名片给我。名片是用来相互交换的,东部的人们都在交换名片。"

大家都不信内莉。签名纪念册是不会过时的,因为大家的签名纪念册差不多都是新的。去年九月去爱荷华时,妈刚给劳拉带来签名纪念册。放学回家的路上,米妮说:"内莉是在吹牛,我不信她有名片,我也不信有这种东西。"

可第二天早上米妮和玛丽·鲍尔都急着找劳拉,她们一直在门口等她。玛丽·鲍尔已经知道什么是名片了。银行隔壁的报馆老板杰克·霍普就在印名片。名片五颜六色的,上面印着彩色花鸟,霍普先生会将你的名字印在名片上。

"可我不相信内莉·奥利森有名片,"米妮说,"她只是知道得比我们早而已,她也许会去印几张名片,装作是从东部弄来的。"

"需要多少钱?"劳拉问。

"要看是什么样的图案和字体，"玛丽·鲍尔说，"我印了十二张通字体，一共花了两毛五。"

劳拉没说话。玛丽·鲍尔的爸爸是裁缝，整个冬天都有活干，但到了冬天，镇里都没什么木匠活，家里有五口人要生活，玛丽还得上学，花两毛五来玩，是很傻的。

那天早上内莉没带名片来。她顶着寒风走了很长的路，才来到学校，她在火炉边烤手时，大家也围到了炉边，米妮问她带没带名片。

"天啊，我全都忘了！"她说，"我觉得我该在手指上栓根绳提醒自己。"米妮看着玛丽·鲍尔和劳拉，似乎在说："我来说吧。"

那天中午，凯普又带了包糖果来，内莉仍然坐在离门最近的地方。她又叫起来："啊，凯普！"声音很嗲。可当她伸手去拿糖果时，劳拉却接住了糖，抢过来递给玛丽·鲍尔。

大家都很惊讶，连劳拉自己也呆住了。凯普笑着感激地看着劳拉，然后又看了看玛丽·鲍尔。

"谢谢你，"玛丽·鲍尔对凯普说，"我们都非常喜欢你的糖。"她给大家都分了一块糖。凯普去外面玩球了，他回头对玛丽笑得很开心。

"吃一块吧，内莉。"玛丽将糖递给她。

草原小镇
Little Town on the Prairie

"好啊!"内莉不客气地拿了最大的那块,"我确实很喜欢凯普的糖,可他这个人嘛——哼!还像个孩子,你拿去吧。"

玛丽·鲍尔的脸红了,可她没说话。劳拉非常生气。"不是你的,你也抢不来,"她说,"他每次带糖来,都是给玛丽·鲍尔吃的。"

"天啊,如果我想那么做,勾勾手指头就能将他勾来的,"内莉吹牛道,"他有什么了不起的?我想认识的是他的那个朋友,名字非常有趣的小怀德先生。大家看着吧,"她笑了笑,"我会坐上他的马车的。"

她的确办得到,劳拉心想。内莉对怀德小姐那么友善,她不明白怀德小姐的弟弟为什么不请她去坐马车。她知道自己已经毁掉了坐马车的机会了。

才过了一个礼拜,玛丽·鲍尔的名片就印好了,她把名片带到了学校。它们十分精致,是淡绿色的,上面印着一只站在枝头唱歌的鸟,下边写着:玛丽·鲍尔。玛丽·鲍尔分别给了米妮、艾达和劳拉一张,虽然她们都没有名片和玛丽·鲍尔交换。

同一天,内莉也带了名片来。她的是淡黄色的,上面印着一朵三色紫罗兰,用手写的字体写着"内莉"。她跟玛丽·鲍尔交换了名片。

157

第二天，米妮也打算去印些名片。她说她爸给了她点钱，放学后她就去印名片，还有谁要去。艾达说她没办法去，她说："我不能浪费时间，我只是个养女，放学后我还得赶回家多做些家务。我没资格要名片。布朗爸是牧师，他觉得名片是奢侈品，你拿你印的回来给我看看就好啦，米妮。"

"她是不是很可爱？"艾达离开后，玛丽·鲍尔说。大家都非常喜欢艾达。劳拉希望自己也能像她一样，可是她办不到。她非常想要名片，甚至都有点嫉妒玛丽和米妮。

霍普先生在报社的办公室里，系着满是墨迹的围裙，把样品摊在柜台上让她们看，下一张总是更精彩。劳拉很高兴，因为内莉的名片也在里面。

这些名片的颜色非常淡雅、可爱，有些还镶着金边。霍普先生选出六种图样，其中一种的花丛中有个鸟巢，旁边站着两只鸟，上面印着"爱"字。

"那是给小伙子们设计的，"霍普先生对她们说，"只有他们才那么大胆，敢将印着'爱'的名片递出去。"

"当然。"米妮轻声地说，脸红了。

选个喜欢的图案太难了，最后霍普先生说："你们慢慢选吧，我去拿纸。"

霍普先生回去给印版上了墨，并放了叠纸在印版上。

草原小镇
Little Town on the Prairie

当他点灯时,米妮终于选好了一张淡蓝色的名片。这时大家都有些不安,因为已经太晚了,于是大家匆忙地赶回家。

劳拉喘着气跑进家门时,爸正在洗手,妈也在摆晚餐。妈静静地问道:"你上哪去了,劳拉?"

"对不起,妈。我回来晚了。"劳拉道歉道。她对他们讲了名片的事,当然,她并没说自己想要名片。爸说杰克·霍普是有点鬼点子,总能带些新鲜的东西到镇上来。

"得花多少钱?"爸问,劳拉说最便宜的要印十二张,也要两毛五。

当上床睡觉时,劳拉看着墙,想着历史课本上1812年的战争。爸将报纸折起来放在桌上,对她说:"劳拉?"

"什么事,爸?"

"你是不是也想要名片啊?"爸问道。

"恩,我也在想这件事呢,查尔斯。"妈说。

"嗯,我的确想要,"劳拉承认,"可我并不需要。"

爸朝她眨眨眼,笑着从口袋里掏出些硬币,数了两个一毛和一个五分的硬币,接着对她说:"我觉得你也可以有名片了。拿着吧。"

劳拉有点犹豫。"你真的觉得我需要名片?我们买得起吗?"她问。

"劳拉！"妈说，她的意思明摆着："你在质疑你爸吗？"劳拉立即改口说："爸，谢谢你。"

妈接着说："你是个好孩子，劳拉。我们希望你和同龄人一样快乐。明早上学前，你就去选你的名片吧。"

劳拉独自躺在没有玛丽的床上，心里有些内疚，她不像玛丽和艾达那么好，但只要一想到马上就有名片这件事，她就特别开心，这不仅是因为名片很漂亮，还因为她可以跟内莉扯平了，另外，她也能有玛丽·鲍尔和米妮一样的好东西了。

霍普先生答应在礼拜三中午印好名片。礼拜三那天，劳拉吃完午饭，妈让她别洗盘子，赶紧去报社。印好的名片是粉红色的，非常漂亮，上面有着粉色玫瑰和蓝色矢车菊的图案。她的名字用清晰的纤细字体写在上面。

快迟到了，劳拉来不及仔细欣赏这些名片，就飞快地往学校赶。她沿着第二大街的人行道匆匆赶路时，一辆马车停在了她身边。

劳拉抬起头，惊讶地看到那两匹莫干马。小怀德先生就站在马车边，他一只手拿着帽子，另一只手伸了出来，说："愿意搭个便车吗？这样你就能快点赶到学校了。"

他牵着劳拉的手，帮她上了马车，然后站上去，坐到她身边。劳拉既惊又羞，都说不出话来了，可她还是非常

草原小镇
Little Town on the Prairie

开心可以坐上这么漂亮的马车。马儿跑得很轻快,但跑得很慢。它们竖着耳朵,似乎随时都在等待着快跑的口令。

"我——我是劳拉·英格斯。"劳拉说。她心想这种介绍语真傻,他当然知道自己叫什么啦。

"我认识你爸,已经关注你很长一段时间了,"他答道,"我姐姐常常提到你。"

"马儿真漂亮!它们叫什么名字?"劳拉问。虽然她知道马儿叫什么,但还是找点话题吧。

"左边的是'淑女',右边是'王子'。"他告诉她。

劳拉非常希望他可以让两匹马跑得快一点,但这样有点唐突。劳拉想跟他谈天气,却觉得也不太合适。她不知道该说什么,过了好久了,他们才走过了一个街区。

"我刚刚拿名片去了。"她的声音非常小。

"真的?"他说,"我只有从明尼苏达州带过来的普通名片。"

他从口袋里掏出了张名片,递给劳拉。他一只手驾着马车,手上戴着手套,手指非常熟练地拉着缰绳。白色名片上印着几个古体字:阿曼乐·怀德,看起来的确挺普通的。

"我的名字很怪。"他说。

劳拉想附和些赞美的话,就说:"这个名字的确与众

161

不同。"

"这是我的爸妈强加给我的。"他板着脸说,"他们觉得家里一定得有个叫阿曼乐的男孩子,因为十字军东征时,我们家有个人参军了。一个不知道是阿拉伯人还是其他什么地方的人在战争中救了他。那人叫阿尔·阿曼佐,后来英格兰人把这个名字改成了阿曼乐,可无论怎么改我都不太喜欢。"

"我倒觉得这个名字挺有意思。"劳拉说。

她确实这么觉得,可她不知道要怎么处理这张名片了,还给他,有点不太礼貌,但他也可能并不想送给她。她将名片抓在手中,想着要是他想拿回去,随时可以还他。当马车在第二街拐角处转弯时,劳拉还在想这个事。

她将名片慢慢地靠近阿曼乐,好使他看得到,可他只是继续驾车。

"你想——想拿回自己的名片吗?"劳拉问。

"你想留着就留着吧。"他回答道。

"那你想要一张我的名片吗?"她从盒子里拿了张递给他。

他拿在手上看了看,说:"谢谢,你的名片漂亮极了。"他边说边把名片放进衣服口袋。

他们到学校了,阿曼乐勒住绳子,跳下马,摘下帽子，伸手扶着劳拉下车。劳拉不需要帮助，她只轻轻地碰了下他的手套，就轻盈地跳了下来。

"谢谢你送我。"她说。

"不客气。"他答道。他的头发呈深棕色，并不是她想象中的那种黑。他的眼睛是深蓝色的，皮肤黑黑的，看起来非常稳重可靠。

"你好，怀德！"凯普·加兰喊道，怀德朝他挥了挥手，就驾车离开了。克里维特先生摇响了上课铃，男孩们就一窝蜂地挤进了教室。

劳拉飞快地跑到自己的座位前，这时，艾达高兴地捏了捏她的胳膊，轻声说："你们驾车过来时，我真希望你能看到内莉那张脸！"

玛丽·鲍尔和米妮在过道那边朝着劳拉笑，只有内莉故意看着别的方向。

社交晚会

一个礼拜六的下午,玛丽·鲍尔脸红扑扑地冲进屋找劳拉,她看起来很兴奋。原来,下个礼拜五晚上,妇女互助会准备在丁汉姆太太家的楼上举办社交晚会。

"如果你去,我也去,劳拉,"玛丽·鲍尔说,然后她问妈,"您会允许她去的吧?英格斯太太?"

劳拉不知道什么是社交晚会,她也不感兴趣。虽然她很喜欢玛丽·鲍尔,但总觉得自己比不上她。玛丽·鲍尔身上穿的衣服都是她爸做的,很合身,她留着漂亮的刘海,

草原小镇
Little Town on the Prairie

十分时尚。

妈答应让劳拉去参加社交晚会，但妈从未听说妇女互助会已经成立了。

教堂的牧师不是梅溪的奥尔登牧师，爸妈为此很失望。其实奥尔登牧师想来，教堂也派了他来，但他来了之后才发现，布朗牧师已经把自己任命为牧师了，于是奥尔登牧师只能去人烟稀少的西部传教了。

当然，爸妈并没有因此对去教堂失去兴趣，妈也在妇女互助会里工作，但奥尔登牧师不在，这让他们找不着那种感觉。

接下来的一周，劳拉和玛丽·鲍尔天天都期待着这一天的到来。如果去参加社交晚会，就得交一毛钱，米妮和艾达还不确定能不能去，内莉说她对交际活动不感兴趣。

礼拜五的时间过得好慢，劳拉和玛丽·鲍尔总算等到了天黑。晚上，劳拉没换下校服，而是直接套上围裙。吃完晚饭后，劳拉马上洗完盘子，接着着手为社交晚会做准备。

妈细心地帮她刷干净衣裙。那是一套棕色羊毛裙，高领贴着劳拉的下巴，裙子垂落在长筒靴的鞋面上，这条裙子漂亮极了，袖口和领口都镶着红边，前襟是中间有浮雕的牛角纽扣。

劳拉站在镜子前，反反复复地梳头发、扎辫子、盘头，然后放下来。

"哦，妈，要是我也留了刘海就好了，"她央求着，"玛丽·鲍尔留了刘海，十分漂亮。"

"你的发型也很好看啊。"妈说，"玛丽·鲍尔是个好女孩，但我觉得她的新发型不适合她。"

"劳拉，我也觉得你的发型很好看。"卡莉也安慰她，"你的头发颜色很漂亮，也很浓密，还很长，有光照上去的时候还会闪闪发光。"

劳拉照了照镜子，还是觉得不对劲，但又说不出是哪里。如果把额头前的短发梳到前面，垂下来，不就是刘海了吗？

"妈，求你了，让我剪一点吧，"她恳求道，"我不会和玛丽·鲍尔剪一样的刘海，只要能遮住额头就行了。"

"好吧。"妈终于松口答应了。

于是，劳拉从妈的针线篮里拿了一把剪刀，站到镜子前，将额头上的头发剪成大约两英寸宽的刘海。然后，她将长石笔在暖炉上加热后，用热的那头卷起额头的短发，她小心地卷了一缕又一缕，这样，卷刘海就做好了。

然后，她又往后梳了其余的头发，把它们扎成辫，盘在脑后,用发夹夹紧。

"转过来,让我看看。"妈说。

劳拉转过身子,问道:"好看吗,妈?"

"真好看,"妈承认,"但我还是喜欢你以前的发型。"

"过来让我看看吧。"爸说。他盯着劳拉看了许久,眼里流露出开心的神情,"好吧,如果你非得要这种发型,那就这样吧。"话音刚落,他就继续去看报纸了。

"劳拉,你真漂亮。"卡莉小声地说。

劳拉穿上棕色外套,戴上帽子。劳拉的帽子有着蓝色的衬里,棕色和蓝色的边缘是锯齿形的,帽子上伸出两条长带子,可以用来当围巾。

她又照了照镜子,脸颊红得像苹果一样,刘海卷卷的,十分优雅,连眼睛都被衬成了蓝色。

妈给了她一毛钱,对她说:"放开玩吧!劳拉。但是你必须得注意礼貌。"

爸问妈:"我把她送到门口,你觉得怎么样?卡洛琳?"

"不用啦,那里很近,就在我们家对面。再说她是和玛丽·鲍尔一块儿去。"妈说。

劳拉走进了夜幕。她很期待,很紧张,小心脏"扑通

扑通"地跳个不停。天气很寒冷,吐出的气都成了白雾。灯光照着五金店和药铺前的人行道,活像夜幕中亮着的补丁。家具店里一片漆黑的,但有灯光从楼上的两扇窗户里透出来。玛丽·鲍尔走出裁缝店,她们一块爬上了裁缝店和家具店间的楼梯。

玛丽·鲍尔敲了敲门,丁汉姆太太出来开了门。丁汉姆太太很瘦小,穿着一身黑衣裙,衣服的领子和袖口都镶着白色褶皱花边。她道了声晚安,并收下了她俩付的一毛钱,接着说:"把外套脱在这儿吧。"

上个礼拜劳拉一直都好奇社交晚会是什么样的,但她现在已经置身会场中了。有的人坐在亮着灯的房间里,劳拉跟着丁汉姆太太经过他们身边,走到一个小卧室里,她觉得有点尴尬,和玛丽·鲍尔一起脱下外套和帽子,放在床上,然后悄悄地溜回大屋子,坐在椅子上。

窗户两边坐着琼森夫妇。圆点图案的薄窗帘从窗户上垂下来,窗前摆着一张光滑的大圆桌,圆桌上点着一盏油灯,用白瓷灯罩罩着,灯罩上印着红玫瑰。油灯旁放着一本绿色丝绒面的相册。

地板上铺的地毯织的是亮丽的花草图案。地毯中间放着高大的暖炉,炉身被擦得很亮,上面还装上了个炉窗。

墙边围着一圈光亮的木头椅子。乌沃兹夫妇正坐在沙发上，沙发的椅背和扶手全都擦得光亮光亮的，沙发坐垫是用亮亮的黑色马鬃布做的。

和劳拉家的前厅一样，这里四周的墙壁是用木板做的。墙上挂着许多劳拉不认识的人物画和风景画，有的画用又宽又重的金边画框镶着。这也很符合常理，丁汉姆先生是开家具店的。

凯普·加兰的姐姐弗罗伦丝以及加兰太太也来了。毕兹利太太与药铺老板娘布莱德利太太也在这儿。她们都打扮得十分庄重，安静地坐着。玛丽·鲍尔和劳拉也默不作声，她们不晓得该说些什么。

又有人敲门，丁汉姆太太立即过去开门，进来的是布朗牧师和他的太太。他扯着洪亮的嗓音跟大家打了招呼，接着和丁汉姆太太谈到以前在马萨诸塞的家。

"我们以前的家跟这儿太不一样了，"他说，"在这儿，我们都是异乡人。"

他很喜欢劳拉，可劳拉一点都不喜欢他。爸说布朗总说自己的堂兄是约翰·布朗，而约翰·布朗是堪萨斯州奥沙瓦托米镇的大罪人，他害死了很多人，还发动了内战。劳拉觉得布朗长得确实很像历史课本上的约翰·布朗。

他的脸很大又很瘦,眼睛都凹下去了,眉毛又白又蓬松,笑起来十分可怕。他把外套松松地搭在身上,藏在袖子里的手又大又粗糙,连指关节都很大。他很不干净,嘴角四周的胡子上长满了黄斑,就像烟草汁正从嘴里流出来。

他是个话痨,一进屋,就讲个不停,大家也开始交谈,只有玛丽·鲍尔和劳拉没出声。她们本想像淑女一样坐在椅子上,但还是时不时地得稍微挪动一下。又过了很长时间,丁汉姆太太端了些盘子从厨房里出来,每个盘子上都放着一小碟奶冻和一块蛋糕。

劳拉吃完了她的那份后,轻声对玛丽·鲍尔说:"我们回去吧。"玛丽·鲍尔说:"好,我也想回去了。"她们将空盘子放在旁边的小桌上后,就进屋穿了外套,戴上了帽子,跟丁汉姆太太道了别。

她们走回大街上时,劳拉深吸了口气,说:"这就是所谓的社交晚会吗?我真不习惯这种氛围。"

"我也不习惯,"玛丽·鲍尔说,"如果没去,还能省下一毛钱呢。"

劳拉回到家时,爸妈都很诧异,卡莉急冲冲地问:"好玩吗,劳拉?"

"一点也不好玩。妈，应该你去才对。玛丽·鲍尔和我是仅有的两个小女孩，大家都不跟我们说话。"

"这才是第一次而已，"妈解释说，"等大家都熟了，晚会会更有趣的。《前进报》中说，教会举行的社交晚会都很好玩。"

文学联谊活动

马上就圣诞节了，但却一直没有下雪。每天清早，大地都覆上了一层厚厚的霜，但只要太阳一出来，它们就融化了。劳拉和卡莉只有在走路上学时，才能在人行道和街边看到些白霜。尽管她们被包裹得严严实实，但鼻子和手仍然被冻到了。

风呼呼地吹，阳光也不浓烈，飞鸟不见踪迹，这片广阔无垠的大草原上的草全都枯萎了，一切都毫无生机，连学校看起来也变得又旧又灰，无精打采。

草原小镇
Little Town on the Prairie

冬天似乎永远不会开始，也永远不会结束。劳拉每天除了上下学、回家做作业，就没有别的事情可做了。家里缺了玛丽，圣诞节也少了什么。

劳拉觉得那本诗歌集肯定还藏在梳妆台的抽屉里。每当她在楼上路过那个梳妆台时，她都会想起那本书与那首还没读完的诗。"'勇气！他'手指着大地，'巨浪将我们卷向岸边。'"这句话反复地出现在她的脑海中，慢慢地开始枯燥无味，于是，那本书的吸引力也慢慢小了。

又到了礼拜五的晚上，劳拉和卡莉一起洗了盘子。然后，她们在灯光下看起书来。爸坐在椅子上读报纸，妈坐在摇椅上织着毛衣，摇着摇椅。

劳拉翻开了历史课本，却忽然间觉得自己厌烦了这种枯燥无味。她往后一坐，用力地合上书，摔在桌上。爸妈都很讶异地看着她。

"我什么也不管了！"她大叫，"我不想学习！不想读书！不想当老师了。"

妈看起来十分严肃。"劳拉！"她说，"你从来不说脏话，但像今天这样乱发脾气、乱扔东西和说脏话也没什么区别。下次不许再说这种没经头脑的话了。"

劳拉一声不吭。

"怎么了，劳拉？"爸问，"为什么突然不想读书、不

173

想当老师了？"

"我也不知道！"劳拉很难过地说，"我突然厌烦了所有事。我希望——我希望能发生点新奇的事。我想到西部去。我知道自己的年龄已经很大，不能贪玩啦，但我还是只想玩。"她快哭出来了，她以前从不会这样的。

"劳拉！"妈喊道。

"不用担心，"爸安慰道，"你只是因为学习太累了而已。"

"好吧，今晚你就不要看书了，"妈说，"上回的《青年之友》还剩几个故事没读，劳拉，你要念给我们听吗？"

"好吧，妈。"劳拉无奈地回答。她甚至不想念故事了。她也不知道自己到底要追求什么。她拿出那本《青年之友》，将椅子拉到桌边说："选一个你喜爱的故事吧，卡莉。"

然后，她耐着性子朗读起来，卡莉和格蕾丝睁大眼睛听着，妈的摇椅一晃一晃的，手中织着毛衣。爸到街对面去了，他去福勒五金店围着火炉聊天。

忽然，门开了，爸冲了进来说："卡洛琳，孩子们，快戴上帽子！学校正在开会！"

"这是怎么回事——"妈疑惑地问。

草原小镇
Little Town on the Prairie

"大家都去了!"爸说,"我们准备成立一个文学联谊会。"

妈放下毛线活,说:"劳拉、卡莉,你们赶紧把衣服穿好,我给格蕾丝穿衣服。"

她们跟在爸的灯笼后面去了学校。妈正准备吹灭屋里的油灯时,爸却将它提起来,说:"带上它吧,学校里需要灯光。"

整条大街都充满了灯笼,它们摇晃着流进前面的第二街。爸喊了克里维特先生,因为他有学校的钥匙。课桌在摇曳的灯光下显得很诡异。克里维特先生将他架子上的一盏大油灯点亮了,福勒先生在墙上钉了枚钉子,在上面挂了盏油灯。为了开会,他今天没做生意。其他的生意人也都放下生意来开会。几乎镇里所有的人都来了,大家都带了油灯,将教室照得很亮堂。

教室里的座位都不够坐人,很多人站在教室后面。克里维特先生让大家保持安静,然后宣布这次会议的目的是想成立一个文学联谊会。

他说:"会议的第一项议程是确定成员的名单,并选出一位临时主席,临时主席将负责所有的事务,接下来我们就提名候选负责人。"

大家都开始迟疑,他们最感兴趣的是谁当上主席。这

时爸站起来反对道："克里维特先生，来参加会议的各位，我们成立文学联谊会的目的是为了找些有趣的事做，以丰富大家的生活，成立一个组织似乎没必要。"

"就我个人观点，"爸继续说，"成立组织最麻烦的地方是：用不了多久，大家就变成了只想了解这个组织，却记不得当初为什么成立这个组织。现在大家都知道我们需要什么。假如真要成立组织，我们也许会争执不休。因此我建议，大家想做什么，就做什么吧，用不着选负责人了。所有的事物都交给学校的老师克里维特先生吧。每次开会，都由他定活动主题，如果大家有什么好主意，也可以提。领到任务的人都做好自己分内的事，让大家玩得开心。"

"说得好，英格斯！"当爸坐下时，克兰西先生大声地赞扬，许多人也都在鼓掌。克里维特先生说："现在大家开始表决吧，同意英格斯的就说'好'！"大家不约而同地喊道："好！"于是，提议通过了。

接下来的几分钟里，大家又开始茫然了。克里维特先生说："今天的会议，我们还没定主题。"有人说："我还不想回家！"理发师提议唱歌，于是有人问："你的学生中有会朗诵诗歌的吗？"接着又有人提议："举行拼字比赛怎么样？"很多人附和道："好主意！""那就玩拼字游戏！"

草原小镇
Little Town on the Prairie

爸和福勒先生被克里维特先生委派分别担任两个队的队长。他俩就站在教室前的角落里念名字,其余的人都嘻嘻哈哈地开着玩笑。

劳拉等得很焦急。当然要先选大人了。选中的人一个接一个地排成两排。队伍排得越来越长,劳拉担心福勒先生会在爸选之前就把她选走了。她可不想跟爸比赛拼字。终于,最激动人心的时刻来了,轮到爸选人了,他先讲了个笑话,大家都大声笑起来,可劳拉仍看得出爸的犹豫。最后他终于做了决定了,喊道:"劳拉·英格斯。"

于是她跑到队伍的后面。妈也在队伍里,就在她前面。福勒先生接着喊:"福斯特!"这是最后一个大人了,他就在劳拉的对面。或许爸刚才应该选这个大人,但他选了劳拉。劳拉心里暗暗想,福斯特先生肯定不怎么会拼写单词,他只是个赶牛的农夫。去年冬天,他跳下阿曼乐·怀德的母马"淑女"的马背,还在射程外对着羚羊群开枪,把"淑女"都吓跑了。

来参会的人都被选完了。两排人排成的队伍从讲台沿着墙一直到门口。接着,克里维特先生翻开了拼字课本。

他先选了些最基础的词汇:"foe(敌人)、ow(低矮)、woe(悲哀)、doe(母鹿)、row(划船)、hero(英雄)——"

然后他让巴克莱先生回答，巴克莱先生一下子懵了，他拼着："h-r-o-e，英雄。"大家全都大笑起来，他呆住了，然后也跟着笑了起来，坐回到座位上，他是第一个出局的。

词越来越长，越来越多的人被淘汰了。福勒先生那边的人先变少，然后爸这队的人也跟着变少，接下来福勒那队的人又变少。每个人都在笑着，大家的兴致都很高。劳拉很擅长拼字游戏，因为她非常喜欢拼读。她站在地板的一条裂缝上，双手背在身后，她把所有字都拼对了。福勒先生那队已经有四个人被淘汰了，爸这边也有三个败下阵来。

现在又轮到劳拉拼字了。她深深地吸了一口气，流畅地拼了出来："d-i-f-f-e-r-e-n-t-i-a-t-i-o-n，差异性！"

座位几乎都坐满了，坐的都是被淘汰的人，他们笑得上气不接下气。杰拉德·福勒那队还有六个人，但爸这队只剩五个了：爸、妈、弗罗伦丝·加兰、班恩·乌沃兹以及劳拉。

"repetitious（重复的）。"克里维特先生继续出题。对方没人拼出来，现在两边打平了。妈小声地拼道："r-e-p-e-t-i-t-i-o-u-s，repetitious。"。

草原小镇
Little Town on the Prairie

"mimosaceous（含羞草种属的）。"克里维特先生接着说。福勒先生拼道："m-i-m-o-s-a-t-i-"他看了一眼克里维特先生，又说："不对，应该是s-i-，哎呀，我不会拼了。"他说完就坐了下来。

"mimosaceous,"弗罗伦丝·加兰接着拼道，"m-i-m-o-s-a-t-e-"她也拼错了，她以前还当过老师呢！

福勒那队的下一个人也拼错了，班恩也摇摇头，还没尝试就放弃了。劳拉站得更笔直了，她跃跃欲试。但排在那边最末尾的福斯特先生开始拼读了："m-i-m-o-s-a-c-e-o-u-s, mimosaceous。"

教室里响起了一阵掌声，有人还大声喊着："真厉害，福斯特！"福斯特先生将他厚厚的夹克衫脱了下来，单穿着格子衬衫，羞涩地笑着，他的眼中闪过一道光。大家都不知道他原来这么会拼字。

书本越往下翻，词汇越生僻。对方只剩福斯特先生了，爸这队也只剩爸和劳拉了。

他们三个都拼对了每个词。大家屏息看着，爸、福斯特先生、劳拉轮流拼词。福斯特先生以一对二，可爸和劳拉还是没办法打败他。

这时，克里维特先生出题了，他说："xanthophyll（叶

黄素）。"该劳拉拼了。

"x-a-n"她说。她的脑子突然有点混乱。她很惊讶，闭紧双眼，识字课本上最后一页的那个字似乎已经出现在眼前了，但她还是想不起来。大家都看着她，教室里一片死寂。

"x-a-n-t-h"她只好不抱希望地说，然后流畅地拼起来，"x-a-n-t-h-o-p-h-"她使劲地想，"x-a-n-t-h-o-p-h-i-l"然后匆匆忙忙地结束了。克里斯特先生摇摇头。

劳拉浑身颤抖，不得不坐下了，现在只剩下爸了。

福斯特先生清清嗓子拼道："x-a-n-t-h-o-p-h-y-"劳拉没法呼吸了，大家都屏住了呼吸。"-l"福斯特先生继续拼道。

克里维特先生和福斯特先生都在等着，似乎要一直这样地等下去。直到福斯特先生说："哎呀，我不知道怎么拼啦。"然后他坐了下来。掌声爆发了，因为他坚持到了最后。这天晚上，他赢得了所有人的尊重。

目前没人能正确地拼出那个该死的词，但劳拉相信爸可以，他必须得拼出来！

爸说："x-a-n-t-h-o-p-h-y-"他故意放慢了语速，然后说："两个l。"

草原小镇
Little Town on the Prairie

克里维特先生把识字本合上了，教室里响起热烈的掌声，大家都对爸赞不绝口。他赢了全镇的人！

接着，玩得非常开心的人们纷纷穿上了外套，戴上了帽子。

"今晚是我玩得最开心的一次了！"布莱德利太太对妈说。

"更让人兴奋的是，下周五我们还会举办这样的活动。"加兰太太说。

人们边议论边挤出了教室，灯笼摇摇晃晃地朝着大街移动。

"劳拉，现在你觉得好点了吗？"爸问。劳拉回答道："噢，是啊！我们玩得真开心啊！"

狂欢风暴

大家都对礼拜五晚上充满了期待，第二次文学活动结束后，人们都争先恐后地参加活动，差不多每天都有相关消息传来。

第二次文学联谊活动是通过表演猜谜的，整晚爸都风采尽显，大家都猜不出他的动作。

爸穿着平时穿的衣服独自表演。他手里拿着一把斧头，沿着中间的过道走，那把斧头上还插着两个小马铃薯。

草原小镇
Little Town on the Prairie

他站着并没有动,只是眨眼逗观众,然后他提示道:"这个词跟《圣经》有点关系,你们肯定知道的。"他又说,"是你们常常去查的东西。"他甚至提醒道,"它能帮你们了解圣徒保罗。"他逗弄观众,"别跟我说你们想放弃啊。"

但最后全部的人都放弃了。爸跟大家说,这是《使徒行传》的注释者,劳拉十分高兴,她感到很骄傲。

当大家明白过来后,教室里响起了雷鸣般的掌声和欢呼声。

回家的路上,劳拉听见布莱德利先生说:"我们得想方设法打败英格斯!"杰拉德·福勒扯着英国腔说:"我觉得搞一次音乐节目,就能看出英格斯的实力了,怎么样?"

就这样,下一次的联谊活动变成以音乐为主题了。爸带上了他的小提琴,杰拉德·福勒也带来了手风琴。整个学校和听众都沉浸在音乐里。每当他们停下来,就会响起热烈的鼓掌,大家都大声喊着让他们再来一首。

真是一个难得的美好夜晚啊。现在整个小镇都热闹起来了,每家每户都从四面八方赶车来参加联谊会,有很多家庭甚至驾着车从放领地赶来。大家都积极地准备,还向布莱德利太太借了风琴。

那个礼拜五，他们将风琴裹到被子和毛毯里，小心地放在福斯特先生的牛车上，带到了学校。风琴十分漂亮，木头很光亮，踏板上还盖着毛毯，木质的风琴顶部很尖，向上拱起，上面有着小的架子和一面钻石形的镜子。乐谱架是木头做成的，上面雕着花，后面盖了红布，透过雕花孔能看到红布。风琴两侧各有个圆形的架子，是放灯的位置。

大家搬走了老师的讲台，将风琴放在了那儿。黑板上是克里维特先生写的当晚的节目表。节目很丰富：风琴独奏，风琴、小提琴合奏，还有风琴伴奏的四人小合唱、二重唱和独唱。布莱德利太太唱着：

倒流吧，

飞逝的时光。

让我再变成孩童，

哪怕只有今晚。

劳拉没办法忍受这种伤感的氛围，她听得想哭。妈的脸颊上早已滴下了泪珠，许久才拿手帕擦去。女人们都在擦眼泪，连男人也都忍不住清了清嗓子，撸了撸鼻子。

草原小镇
Little Town on the Prairie

大家都觉得音乐节目是最精彩的了，但爸却神秘地说："你们等着看吧。"

这些快乐似乎还不够。教堂的屋顶终于盖好了，现在每个礼拜天都可以做两场礼拜仪式，还可以上主日学校。

教堂盖得可真漂亮，尽管它刚建完，看起来还十分粗糙，钟楼上没有钟，木墙上的装修也还没有弄完。教堂的外墙还没有被风吹日晒变成灰色，里面的木板和房屋骨架是裸露出来的，讲道坛和长凳还是原木的粗糙样子，却都散发着原木的清新气味。

在教堂的入口处修了一个门廊，以便大家在进教堂前整理一下被风吹乱的衣帽，布莱德利太太将她的风琴借给了教堂，这样大家就可以用风琴伴奏唱歌了。

劳拉开始喜欢上了布朗牧师的布道。虽然布朗牧师说的，她一点也听不懂，但他长得真像历史课本上的约翰·布朗。当他的眼睛四下张望时，黑色的胡子会一动一动的，两只握成拳的大手，有时敲在讲道坛上，有时在空中摆动。劳拉自娱自乐，她在脑海里修改句子，纠正语法。布朗牧师的布道她一句也没听进去，因为爸只要求她和卡莉回到家时，能正确地背诵经文。布道结束时，大家就会开始唱赞美诗。

第十八首赞美诗是最好听的,当音乐响起,大家全都精神饱满地唱着:

我们手拿武器前进,
穿过他乡的荒野沙漠,
可我们的希望是光明的,
信念是坚定的!
啊,我们的朝圣之歌。

大家全都放开了嗓门齐声唱,声音盖过了琴声。

我们的祖先走过"上帝之路",
这是生命之路,
通往上帝的方向,
这是向着光明的唯一道路,
我们沿着这条路回家。

礼拜天都很忙。上主日学校,上午做礼拜、吃圣餐,晚上也做礼拜,每个周日过得非常快。

周一又要上学了,但因为期待礼拜五的联谊会,大家都显得异常兴奋。礼拜六还来不及聊前一晚的事情,就飞快地过去了。然后又到了礼拜天。

草原小镇
Little Town on the Prairie

事情似乎还不够多，妇女互助会打算搞一次大型庆典，顺便为教堂募集一些资金。这次是新英格兰式的晚餐会。

劳拉放学之后立刻冲回了家，给妈打下手。她把去年夏天爸种的那个最大的南瓜削了皮、切了片，并且洗了两斤白豆。妈打算做一个巨型南瓜馅饼、一大奶盘煮白豆，带到新英格兰式晚餐会上去。

感恩节学校放假了，但没有感恩节餐。这一天一整天都无所事事，大家都眼巴巴地盯着南瓜馅饼和豆子，希望夜晚早点到来。下午大家轮流在厨房的浴盆里沐浴，不过礼拜四白天洗澡，真有点奇怪。

劳拉认真地将校服洗干净，接着开始梳头、编辫子、烫卷刘海。妈换好了衣裙，爸也剃好了胡子，换上了礼拜服。

灯亮时，大家都饿了。妈将一大盘豆子用包装纸包好，再用围巾裹好，以便保温。劳拉帮格蕾丝穿好衣服，然后也给自己穿上外套，戴上帽子。爸负责端豆子，妈则捧着南瓜馅饼。劳拉和卡莉提了满满一篮子的碗盘，格蕾丝拉着劳拉的另一只手。

他们经过福勒家的铺子时，看到教堂那边已经灯火通明了。教堂四周都停满了篷车，站满了拉着车和上了鞍的

187

马。人们从不太明亮的入口往教堂走去。

教堂墙上的灯都已经被点亮了，灯里的玻璃油碟上装满了煤油，透明的玻璃灯罩后也装了反射板，这样整个教堂都显得特别明亮。教堂中央摆着两张很长的桌子，桌子上铺着白布，全部长凳都靠着墙摆放。

"噢，快看啊！"卡莉叫道。

劳拉愣在那儿了。爸和妈也停下脚步，本来他们是不该这么大惊小怪的，毕竟大人们不可以随便显露自己的情绪。于是劳拉只是看了看，对着格蕾丝"嘘"了一声，示意她安静，其实她也高兴极了。

其中一张桌子的正中央摆着一头烤得金黄金黄的烤猪，它的嘴里还衔着个漂亮的红苹果，烤猪的香味四处飘散，让人垂涎三尺。

劳拉和卡莉还是第一次见到这么多美味。整张桌子都摆满了，上面有大堆大堆的土豆泥、萝卜泥以及南瓜泥。它们的上面都挖着个小洞，用来放黄油，等黄油溶化后，就会沿着食物往下流。桌上还有几大碗被水泡软，和着奶油煮的干玉米。盘子里有金黄的方形玉米面包、切片白面包以及棕色坚果味的全麦面包。桌上摆着许多腌制食品：腌黄瓜、甜菜和青番茄。高脚玻璃碗里装的满是红番茄酱与野樱桃果冻。所有的桌子上都摆着一盘刚出炉还冒着热气的鸡肉馅饼。

那只猪最神奇了。它的身子只用一根短棍儿撑着,就能站在一个装满烤苹果的大盘子上。它的香味比其他食物浓烈许多。劳拉已经许久没闻过这么香浓的烤猪肉味了。

人们坐在座位,将食物装在盘子里,互相传递,边吃边聊天。有一半的烤猪已经被切下来了。

"你那边的猪肉还剩多少?"劳拉听见一个男人这么问,他将自己的盘子递上去,想再添一点,切肉的人说:"这个说不准,但是应该还有四十磅吧。"

桌子旁坐满了人。丁汉姆太太和布莱德利太太来回不停地走在大家的椅背后,忙着为大家加茶、倒咖啡。其他的妇女也忙着收拾使用过的盘子,然后把干净的盘子放回桌上。只要有人吃完离开,马上就会有人过来接替这个位置。虽然光吃这顿饭就得花五毛钱,但教堂还是挤满了人,而且不断有人走进来。

劳拉对这一切都感到新奇,但她也觉得迷茫,不知道要做什么,最后她看到艾达在角落里的桌子上洗盘子,妈也在那里帮忙,这才过去帮艾达。

"你没带围裙吗?"艾达问,"将这条毛巾别在身上,避免我把水溅到你的衣服上了。"艾达是牧师的女儿,她

已经习惯在教堂里干活了。她将衣袖卷得很高，身上围了个大围裙。她边说笑边用最快的速度洗干净了盘子，劳拉在一旁帮着擦干盘子。

"这次晚餐会十分成功！"艾达高兴地说，"你有没想到会有这么多人？"

"没有。"劳拉说，她小声地问，"还有留给我们吃的东西吗？"

"有！"艾达很坚定，她悄悄说，"布朗妈一直有留心。她留了两个最好的馅饼和一个蛋糕给我们。"

劳拉对水果馅饼和蛋糕的兴趣不大，她只想回到桌上时还能吃些烤猪肉。

当爸帮卡莉、格蕾丝和自己找到座位时，桌上竟然还剩了些烤猪肉。劳拉擦盘子时看了一眼他们，他们吃得十分高兴。于是，劳拉用最快的速度擦干了盘子和杯子，它们立刻被放回到桌上，但要洗得盘子仍然越来越多。

"我们真需要帮助。"艾达很开心。大家都没想到来的人竟然这么多。妈几乎是来回跑个不停，其他的妇女也都很忙。劳拉接着擦盘子，虽然她越来越饿，吃到东西的希望也越来越小，但她不能让艾达一个人留在这儿洗盘子。

草原小镇
Little Town on the Prairie

又过了许久，吃东西的人变少了。最后，只有妇女互助会的成员、艾达以及劳拉没吃过东西了。她们将盘子、杯子、刀叉和勺子都洗净擦干了，并把它们摆在一张桌子上，这下，总算可以坐下吃了。骨架子上还留着些肉，盘子里也有些鸡肉馅饼，劳拉十分开心。而且布朗太太还悄悄地端出了预留的蛋糕和馅饼。

于是，劳拉和艾达休息了一小会，顺便吃了点东西，其他的妇女都相互夸奖对方的厨艺，大家都认为今晚的聚餐十分成功。还有一群人坐在墙边的长凳上，他们正在神采飞扬地吹着牛。角落里也站了些男人，他们正在围着暖炉聊天。

把桌子收拾干净后，劳拉和艾达又把盘子洗净擦干。妇女们负责将它们分类，装到篮子里，然后把剩下的食物打包。大家都夸奖了妈的厨艺，南瓜馅饼和烤豆子也全都被吃完了。艾达洗干净了烤盘和奶锅，劳拉擦净它们，妈负责将它们塞进篮子。

布莱德利太太开始弹风琴伴奏，爸和其他一些人在唱歌，不过格蕾丝睡着了，他们要回家了。

"你辛苦了，卡洛琳。"回家路上爸抱着格蕾丝时说。那时妈正提着灯笼照路，和来时一样，劳拉和卡莉提着整篮餐具跟在后面，"互助会把这次晚会搞得很成功。"

"我很累。"妈疲惫地说。劳拉非常惊讶，妈的声音跟平时不太一样，"这是新英格兰晚餐会，不是社交联谊会。"

爸没有再说下去了。当他打开房门时，已经十一点了。第二天还得上学，明晚又是礼拜五举行的文学联谊活动了。

这次联谊会的主题是辩论赛，题目是："林肯总统比华盛顿总统还伟大"。劳拉非常想听一听，因为巴恩斯律师是正方，他的辩词一定是很精彩。

"这真有教育意义。"当她们匆匆忙忙赶去时，劳拉跟妈说。其实劳拉也在和自己辩论，因为她觉得自己该学习了。这一整周里，她已经整整有两个晚上没看书了。不过，两个学期中间还有几天圣诞节假期，她可以在那时补课。

圣诞礼盒已经寄去给玛丽了。妈小心地把一件背心放在盒子里，那是劳拉织的，材质是柔软的白羊毛线。妈还放了条花边领子进去，那是她用最好的白线织的。另外，她还往里放了六条卡莉做的手绢儿，它们的材质是细亚麻布，其中三条的边缘有窄窄的机织花边，另外三条是卡莉手工织的。格蕾丝现在还不会做圣诞礼物，不过她存了些钱，买了半码蓝丝带。妈用这些丝带做了个蝴蝶结给玛丽，它可以别在白色花边领子的领口上。接着她们又写了封长长的信给玛丽，祝她圣诞节快乐，爸还往信封里塞了一张五元的钞票。

"她可以用这些钱买些需要的东西。"他说。玛丽的老师写信来，高度表扬了玛丽。信里说要是玛丽能买到珠子，就会寄一串她做的饰品给家里。信上还说，玛丽需要一块特制的写字板写字，也许玛丽以后可以用另一种特制的写字板写盲文。

"玛丽知道圣诞节时我们都会想念她的。"妈说。大家十分开心，因为寄给玛丽的圣诞礼盒已经在路上了。

缺了玛丽，就没有过节的气氛了。吃早饭时大家打开了圣诞礼物，唯独格蕾丝十分高兴。她收到的礼物是个娃娃，有着瓷头和瓷手，脚是用布做的，上面穿着双黑色拖鞋。爸给娃娃做了个摇篮，摇篮很简单，仅是往雪茄盒里放了两块摇板。劳拉、卡莉和妈给娃娃做了小床单、枕头和一条棉被，还给她穿上睡袍、戴上睡帽。格蕾丝十分开心。

劳拉和卡莉合起来送了妈一个德国银质顶针，送了爸一条蓝色丝质领带。劳拉收到了那本蓝皮烫金的书：《丁尼生诗集》。爸妈没想到劳拉对这个礼物丝毫不惊讶。他们也从爱荷华州带了本书给卡莉，一直藏着，那本书叫《荒

原的故事》。

圣诞节大抵就这样了。早上干完活儿后，劳拉终于可以坐下来继续读《食莲人》这首诗了，尽管这本诗集让她觉得失望。因为书上描写的那片土地，时间似乎一直停在下午，水手们也并不是好人。他们好像理所当然地觉得自己该住在这块神奇的土地上，然后躺着不停地抱怨。当想到该振作时，他们就只会抱怨说："我们为什么得在巨浪中拼命呢？"劳拉很气愤，她觉得与惊涛骇浪搏击是水手的职责，可水手们只想安逸地生活。劳拉合上了书。

她知道这本书里一定还有许多优美的诗，但她实在太想玛丽了，不想读诗。爸急匆匆地从邮局赶回来，他带回了一封信。信上的笔迹很陌生，居然是玛丽写的！她在信里写道，她将信纸放在一块有凹槽的金属板上，这样就能用手指感觉着凹槽，然后用铅笔写信了。这封信是她送给大家的圣诞礼物。

信上说，她很喜欢学校，老师都夸她学习很努力，她正在学着读写盲文。她很盼望能和家人一起过圣诞，也知道大家在圣诞节时肯定很想念她，她也一样想大家。

读完信，一整天又过去了。劳拉说："如果玛丽在这儿，她一定很喜欢文学联谊会。"

她忽然意识到所有的事都在改变。玛丽还有六年才能回家，那时将会产生多大的变化啊。

假期里，劳拉没有学习。她还没来得及喘口气，一月份就一下子溜过去了。这个冬天很暖和，学校每天都排了课。每个周五的晚上都举行文学联谊活动，而且活动越来越精彩。

嘉丽太太的蜡像展吸引了许多人。四面八方的人们都赶来观展，拴马桩上系满了马车和篷车。那两匹棕色的莫干马也在其中，它们身上披着带扣的毛毡。学校里满满的都是人，阿曼乐·怀德和凯普·加兰一起站在人群中。

白色的幕帘后是教室讲台，当幕帘慢慢地拉开后，大家都惊叫起来。墙边和讲台两侧分别站着一排逼真的"蜡像"，看起来真像是用蜡做的。

"蜡像"们的面孔苍白得跟蜡一样，眉毛是黑色的，嘴唇是红色的。"蜡像"们披着白色的布，一动不动。

大家都盯着这些"蜡像"看了好一会儿后，嘉丽太太才走出帘子。大家都不知道她是谁。她披了黑色长袍，戴着一顶遮阳帽，手里还握着上课用的长教鞭。

她声音深沉地说："乔治·华盛顿，我命令你动！"她拿着教鞭碰了碰其中一个"蜡像"。

"蜡像"竟然动了！一只手从白斗篷下伸出来，那只手上握着一把斧头，做出了劈砍的动作。

嘉丽太太又挨个叫出了每个"蜡像"的名字，然后用教鞭碰了下"蜡像"，"蜡像"全都机械地动了起来。丹尼尔·布恩把枪举起来又放下来，伊丽莎白女王的头上戴着一顶很高的镀金王冠，接着又摘下来。瓦特·罗利爵士用僵硬的手将一只烟斗放在嘴边，他的嘴一动不动，接着烟斗又移开了。

这些"蜡像"挨个动了起来，他们重复做着呆板的动作。大家都不相信他们是活人扮演的。

最后，当幕帘谢下时，大家都长长地舒了口气，台下顿时爆发出一阵热烈的掌声。全部"蜡像"都活了，他们来到幕帘前，掌声越来越热烈。当嘉丽太太摘下遮阳帽时，大家惊奇地发现，竟然是杰拉德·福勒！伊丽莎白女王摘掉王冠和假发后，竟然是布莱德利先生！掌声和欢呼声持续不断。

"现在肯定是高潮啦。"妈回家时说。

"不好说，"爸逗笑着说，他似乎知道了些什么，"小镇上现在生机勃勃的。"

第二天，玛丽·鲍尔来找劳拉玩，一整个下午她们都在讨论那些"蜡像"。当晚上劳拉准备学习时，已经非常困了。

"我要去床上睡觉，"她说，"我困极了——"她又打了几个哈欠。

"这个礼拜你已经两个晚上没读书了，"妈说，"明天晚上还得去教堂，最近我们都玩疯了——是不是有人敲门？"

门外又响起一阵敲门声，妈走到门口打开门。门外是查理，但他没有进来。妈从他手上接过一个信封，然后关了门。

"是给你的，劳拉。"她说。

卡莉和格蕾丝都睁大了眼睛，爸妈也等着劳拉开信，劳拉看了看信封，上面写着地址："达科他区，德斯密特，劳拉·英格斯小姐收。"

"里面是什么东西呢？"她说。她拿着发针小心地打开信封，从里面抽出一张对折的镶金信纸。她将信纸打开，大声地念道：

班恩·乌沃兹诚邀您莅临寒舍

时间：一月二十八日礼拜六晚八点。

劳拉愣愣地坐在椅子上，妈有时也会那样。妈从她手里接过邀请函，又读了一遍。

"这是一次晚餐聚会，"妈说。

"天哪！劳拉！有人请你去参加聚会啊！"卡莉叫起来，然后她又问，"聚会是什么样子的呢？"

"我也不知道，"劳拉如实说，"妈，我要准备什么？我从没参加过聚会。在聚会上我要做什么？"

"在什么场合做什么事，你早学过了，劳拉，"妈回答道，"你只要表现的得体就好，你知道怎么做的。"

虽然妈说的是事实，但劳拉还是担心。

生日聚会

接下来整整一个礼拜，劳拉都在想着这个聚会。她有时想去，有时又不想去。当她还是个小女孩时，去过内莉·奥利森的聚会，但那只是小姑娘的聚会而已，这次却不一样了。

艾达和玛丽·鲍尔对这次聚会很感兴趣。阿瑟跟米妮说过，这是班恩的生日聚会。内莉在课间时间凑了过来，不过大家就不再提这件事了，因为内莉没被邀请。再说，她也没办法去，因为她住在乡下。

小木屋的故事
Little House Books

聚会那天晚上，七点钟劳拉就梳洗好，准备出发了。玛丽·鲍尔会跟她一块去火车站，不过她还得等半个小时才能到。

劳拉又念了一遍她最喜欢的诗人——丁尼生的诗歌。

> 来花园里吧，莫德，
> 黑夜里，黑蝙蝠都飞走了，
> 来花园里吧，莫德，
> 我独自在门口等待，
> 寒冬的气息到处弥漫，
> 玫瑰的花香四处飘散。

她没办法安静地坐着，她又照了照镜子，希望自己能长得再高一点，再苗条一些，镜子里的她，穿着羊毛衣裙，又矮又胖。

幸好她身上穿着的是一条年轻姑娘穿的裙子，裙子的长度刚好可以遮住那双带扣鞋的鞋面。百褶裙的后摆很紧。她的上身穿着一件紧身的胸衣，衣服前胸有一排绿色小扣子，下摆从腰的位置开始散开，前后都被裁成尖角状。裙摆边上面缀着一条蓝、金、绿相间的彩呢条纹，下摆、袖口和领子上都是用呢子边缝的，领子里面则镶着白色褶皱花边。妈在劳拉的领口别上了她的珍珠贝胸针。

这条裙子太漂亮了，劳拉真希望自己能长得高点、苗条点，像内莉·奥利森那样。她的腰圆得像棵小树，手臂虽然很长，但也圆圆的，小手肉乎乎的，看起来就很能干，不像内莉的手，细长细长的。就连照在镜子里的脸也很圆。下巴的曲线是圆的，红红的上唇弯成了山的形状。鼻子还凑合，就是有点俏皮，不是那种高挺的希腊鼻。劳拉总嫌自己的眼睛分得太开了，颜色也没有爸的蓝。她将眼睛睁得大大的，看起来仍有点儿焦虑，毫无神采。

卷曲的刘海盖在额头上。尽管她的头发不是金黄色的，但又浓密又长。她将头发在脑后盘成个发髻，盖住了整个后脑勺。她的头发很重，这让她意识到自己真的长大了。她慢慢转头看镜子，发现自己棕色的头发非常平顺，在灯光的照耀下，显得异常光亮，她忽然意识到她对自己的头发还是充满了自信的。

她来到窗边，却还是没看到玛丽·鲍尔的身影。劳拉很害怕这次聚会，她总觉得自己不能去。

"不要担心，劳拉。"妈温柔地劝她。与此同时，劳拉看到了玛丽·鲍尔，她开心地穿上外套，戴上帽子。

她和玛丽·鲍尔走到大街的尽头，再沿着铁轨走到火车站，就来到鸟沃兹家了。鸟沃兹家的楼上和楼下电报

房都亮着灯,班恩的哥哥吉姆还在发电报,他是个电报接线员。

"我们先去候车室吧,"玛丽·鲍尔说,"是该先敲敲门还是直接进去呢?"

"我不知道。"劳拉坦白地说。看到玛丽·鲍尔也不是很自信,劳拉才舒服了一些,但她的嗓子仍有点不舒服,心"怦怦"直跳。候车室是个公共场所,但却关着门。

玛丽·鲍尔犹豫地敲了敲门。虽然她敲得很小声,但声音还是让她俩胆战心惊。

没人来开门,劳拉鼓足了勇气说:"我们直接进去吧。"

她边说边握住了把手,这时班恩·乌沃兹开门了。

劳拉有点慌乱,她不知道该怎么回应班恩。班恩身着礼拜服,系着白色领结,他的头发很湿,但梳得很整齐。他说:"我妈在楼上。"

她们尾随在他身后穿过会客室,来到二楼,班恩的妈在二楼的一个小厅里等着她们。她和劳拉一样,个子很小。她的身材很丰满,穿了一条柔软纤薄的灰色衣裙,裙子的领口和袖口镶着雪白的褶边。她很友好,劳拉很快就放松下来了。

她们在卧室脱掉了外套。卧室的布置和乌沃兹太太一样优雅。她们有点儿犹豫地将外套放在漂亮的床上。床上

草原小镇
Little Town on the Prairie

铺了手工编织的白色床单，枕头上盖着褶边枕巾。窗户上挂着细细的薄纱布窗帘，窗帘被拉开了，分别系在窗户两侧。桌上放了盏台灯，灯下和梳妆台上都铺了白色蕾丝桌布，就连镜框上部也悬挂着白色蕾丝花边。

劳拉在镜子前照了照，用手指理了理被帽子压平的刘海。乌沃兹太太很热情，她说："如果你们梳理好了，就请进客厅吧。"

艾达、米妮、阿瑟、凯普和班恩都已经聚在客厅里了。乌沃兹太太微笑着说："等过会吉姆下班回来了，我们就开始吧。"她坐下来开心地和大家聊天。

客厅的灯光十分柔和，显得特别安逸，暖炉烘烤得客厅温暖极了。窗边挂着深红色的布帘。椅子并非靠墙摆放，而是围着暖炉。从炉门看过去，可以看到炉膛里烧得红彤彤的木炭。屋子中间的桌子台面是大理石做成的，桌上放了一本绒面相册，桌子下的架子上也放了几本书，劳拉很想去翻翻，但如果不专心听乌沃兹太太讲话，似乎又不太礼貌。

没过多久，乌沃兹太太就去厨房了。大家全都安静地坐着。劳拉觉得她该说点些什么，却又不知道该说什么。她觉得自己的脚太大了，也不知道该放哪儿。

穿过房门，她看见一张铺了白布的长桌子。桌上放着

瓷器和银器，餐桌上方悬挂着一盏吊灯，吊灯是用一条从天花板垂落下来的金色链条悬挂着的，十分漂亮，灯罩是乳白色，周围还挂着许多玻璃装饰物。在它的照射下，瓷器和银器都闪闪发光。

劳拉陶醉在美景中，却还是忘不了自己那双大脚。她将脚缩到裙子底下，然后看看其他女孩，她觉得自己该说点什么，因为大家都没讲话，但她从没做过那种引出话题的人。

这时楼梯上传来一阵脚步声，原来是吉姆上楼了。他看了看大家，问："你们是在开沉默大会吗？"

大家都大笑起来。她们终于找到话题开口讲话了。他们听到鸟沃兹太太在隔壁房间里的桌子边走来走去，餐具发出轻轻的碰撞声。吉姆大声问道："妈，晚餐准备好了吗？"

"好啦，"门口传来鸟沃兹太太的应答声，"你们来餐厅吧。"

看来那是鸟沃兹家吃饭的房间。

桌边一共有八个座位，每个座位上都有个盘子，盘子上都放了一碗牡蛎汤。班恩和吉姆分别坐在桌子的两头。鸟沃兹太太安排大家坐好，并说自己来招呼大家。

现在劳拉的脚藏在了桌子下面，她的手也有事可做

草原小镇
Little Town on the Prairie

了。这令人感到快乐，那种害羞的感觉终于离她而去了。

桌子的正中间放着一个银质调味瓶架，架子上分别放着装醋、芥末、辣椒粉、盐等的雕花玻璃瓶。大家面前都摆着一个边缘绘了一圈花形图案的白瓷盘，白瓷盘上还立着折成花朵形状的餐巾。

最神奇的是，每个盘子前竟然都有一个被雕成花的橙子。橙皮像花瓣一样，从上往下，一片片地向外翻开。花瓣包裹着的是细薄白皮的橙子瓣儿。

单单一道牡蛎汤就足够应付一个聚会了，乌沃兹太太还给大家分了脆饼干，让大家就着汤吃。当大家喝完美味的汤汁时，她取走所有汤盘，又端上一个装着马铃薯饼的大盘子，盘子上的小圆饼都被炸得金黄，接着她又端上一大盘刚出锅、热热的棕色鳕鱼丸子和饼干，还有一个玻璃小圆碟，里面装着黄油，供大家轮流取用。

乌沃兹太太热情地招待大家，并让大家连续添了两次菜。接着她又端来咖啡、奶油和白糖。

吃完饭后，她收拾干净桌子，又端来一个撒着白霜的生日蛋糕。她将蛋糕放在班恩面前，又在蛋糕旁放了几个小碟子。班恩站起来，开始切蛋糕，他将切好的蛋糕一块一块地放进碟子，乌沃兹太太将装着蛋糕的碟子端到每个人面前。大家都等着班恩切好他自己的那一份时才开始

吃。

　　劳拉开始观察她面前的那个橙子。要是这个橙子是供给大家吃的，那到底要什么时候才能吃，要怎么吃呢？它这么精致，吃掉不是太可惜了？不过，她吃过这种橙子，知道这种橙子十分美味。

　　大家都吃了点蛋糕，可没人动橙子。劳拉觉得也许她可以将橙子带回家，分给家人吃。

　　接着，班恩将橙子拿起来，小心地放在盘子上，剥了果皮，将它们分成一瓣一瓣。他咬了一口橙子，又吃了一口蛋糕。

　　于是其他人也照做了。

　　吃完晚饭后，盘子里只剩下橙子皮了。劳拉用餐巾将嘴巴擦干净，又折好，其他女孩也照着她的样子做了。

　　"我们下楼玩游戏吧。"班恩说。

　　当大家准备起身离开餐桌时，劳拉轻声地问玛丽·鲍尔："我们不用帮忙收拾餐具吗？"艾达直接问出来："乌沃兹太太，我们帮你洗这些盘子吧？"乌沃兹太太道了谢，然后说："尽情地玩吧，姑娘们，这些餐具不用你们管啦。"

　　楼下的会客室非常亮，暖炉照的整个房间暖暖的。会客室很大，足够他们玩任何游戏了。他们先玩了丢手绢，然后又玩了捉迷藏。最后大家都累得坐在凳子上休息，吉姆说："有一个游戏，你们一定没玩过。"

大家都想知道是什么游戏。

"嗯，我还没想好这个游戏的名字，它太新了，"吉姆说，"你们来我办公室吧，我教你们玩。"

办公室非常小，几乎没有空间让大家站成半圆。吉姆站在半圆的一头，班恩站在另一头，大家都靠着吉姆的工作台。吉姆让大家拉手。

"站住。"他说。大家都站住了，他们不知道接下来会发生什么。

突然劳拉的手传来一阵强烈的刺痛，所有女孩的手都在抖，大家都尖叫起来，男孩子也跟着叫。劳拉被吓住了，但她没发出声音，也没移动。

大家都兴奋地问："这是什么？你刚才做什么啦，吉姆？吉姆，你是怎么办到的？"凯普说："我知道，刚才一定是电流，但，吉姆，你是怎样弄出来的？"

吉姆大笑，问："劳拉，你没感觉吗？"

"噢，有啊，我感觉到了。"劳拉答道。

"那为什么你没叫呢？"吉姆很好奇。

"叫有什么用？"劳拉问，吉姆也回答不出来。

"但那究竟是什么啊？"劳拉又问，其他人也都好奇。

吉姆只是说："大家都不知道。"

爸也曾说，没人知道电究竟是什么东西。本杰明·富兰克林发现了闪电，但大家都不知道闪电是什么。现在可以用电报发送信息，但大家还是不知道电是怎么回事。

他们看着桌上的机器，它可以快速地把信息传送到远方。吉姆在机器上敲了一下，然后说："圣保罗都能听到这一声。"

"现在？"米妮问。吉姆说："是的！"

大家都静静地站在那儿，这时爸走了进来。

"聚会结束了吗？"他问，"我过来接我女儿回家。"大钟已经走到十点了，但没人注意到。

男孩子们把外套穿上，戴上了帽子，女孩子们上楼向鸟沃兹太太道了谢和晚安，然后在精致的卧室里扣好外套，戴上帽子，并且感叹着，今晚真开心。劳拉真希望这个难忘的聚会还可以再长一点。

布朗牧师也在楼下等着接艾达，劳拉和玛丽·鲍尔跟着爸一块走回家。

劳拉和爸进门时，妈正在等他们。

"你的眼睛好亮，今晚玩得开心吧，"妈笑眯眯地看着劳拉，"现在轻声上床睡觉吧？卡莉和格蕾丝都已经睡了。

明天你可以跟我们说聚会上的事情。"

"噢，妈，我们每个人都吃了整整一个橙子！"劳拉还是憋不住说了。剩下的，她想留着告诉所有的人。

疯狂的日子

生日聚会后，劳拉再也没有学习的心思了。这次聚会让大男孩和大女孩们建立起了友谊。现在，只要是风雪天，大家就会在课间休息和午休时围在暖炉边说说笑笑。

暴风雪结束时，会更开心一些。因为大家都可以跑到户外打雪仗。这虽然不太淑女，但是十分好玩。她们大笑着跑回教室，抖掉外套和帽子上的雪之后才进门。在外面吸够了新鲜空气，回到座位上时，她们浑身发热，满脸通红。

  劳拉玩得很开心，她都忘了得继续提高成绩。她一直是班上的尖子，可分数不再总是满分了。算术考试她会出错，有时甚至连历史也会出错。有一次她的算术都降到了93分。她觉得只要明年夏天自己再努力些，应该就可以补回来了，尽管她心里明白：

> 日出和日落间逝去的时光，
> 每个黄金般的小时，
> 都有着六十颗钻石般的六十分钟，
> 只要失去了，就无法挽回。

  小男孩们带了圣诞雪橇来学校，那是他们的圣诞礼物。有时大男孩也会借过来，然后带着女孩们去滑雪。但是他们得费许多力气拉雪橇，因为学校都是平地，而且今年的暴风雪也不大，没办法堆起一个大雪堆。

  凯普和班恩动手做了一个足够装下四个女孩的手动长雪橇。课间休息时，四个男孩子拉着雪橇往前跑，然后又拉回来。中午他们可以在草原上拉得更远些。

  终于，内莉·奥利森再也没办法忍受一个人站在窗边，看着大家玩了。以前，她总是不愿意天冷时出去玩，因

为那样会伤害她娇嫩的皮肤，还会把手冻裂。但有一天中午，她说她也想坐坐雪橇。

雪橇装不下五个人，可男孩子们不想让任何一个女孩子下来。他们将五个女孩都哄上了雪橇，她们只好把腿伸到雪橇外面。她们收拢裙子，将里面的羊毛袜子露出来，勉勉强强坐到雪橇里，在积雪道路上滑行。

她们的长发在北风中飘扬，衣裙也被风吹散了，小脸蛋冻得通红通红的，一路上都充满了她们的欢声笑语，大家都非常开心。男孩子们拉着雪橇在大草原上逛了一圈，又朝镇上跑去。他们拉着雪橇在学校门前呼啸而过，凯普叫道："我们去大街上啦！"

其他男孩子又叫又笑，大家都同意了，于是雪橇越跑越快。

内莉尖叫着喊停。

艾达也叫道："男孩们，你们不能这样！"但她不由自主地大笑起来。劳拉也大笑起来，她的两只脚不停地摇晃，裙子、头巾、围巾和头发都飞起来了。一路上内莉不停地尖叫，这更刺激了男孩们，他们跑得更快了。当然，劳拉相信他们只是说说而已，在跑到大街上之前，他们肯定会掉头的。

"不！阿瑟，不！"米妮也尖叫起来，玛丽·鲍尔恳求道:"别到大街上去。"

劳拉看见披着毛毡的棕色莫干马站在马桩边。阿曼乐·怀德穿着件皮外套,正在解缰绳。他转身想看看是什么让女孩们一路尖叫。这时,劳拉知道了男孩们的心思,他们就是想拉着她们来到阿曼乐面前,让大街上的人都看看。这一点也不好玩。

其他的女孩子一阵嚷嚷,劳拉只得压低声音说话,好让他们听见。

"凯普!"她说,"赶快停下来。玛丽不想去大街上。"

凯普开始转弯。但其他的男孩子还在往前拉,不过凯普说:"过来。"接着掉了个头。

他们按原路返回了学校。大家在校门口欢快地跳出雪橇,只有内莉一个人还在生气。

"你们这群男生,真自以为是!"她生气地说道,"你们,你们这群西部傻帽!"

男孩子们看着她,一句话都没说。他们得控制自己的言语,因为对方是个女孩。凯普不安地看着玛丽·鲍尔,她只是朝他微笑。

"谢谢你们带我们玩。"劳拉说。

"是啊,真得谢谢你们,实在是太有意思了!"艾达也赶紧说。

"谢谢你。"玛丽·鲍尔说着，笑眯眯地看了看凯普，凯普立时笑容满面。

"休息时间我们再去。"他说完就跟着其他人走进了教室。

三月，雪化了，期末考试也快开始了。但劳拉还是不太用功。现在大家都在讨论今年冬天的最后一次文学联谊会。这是个惊天的秘密，大家都在猜节目。连内莉一家都准备来了，内莉也打算换一套新裙子。

回到家里，劳拉还是没心思学习，她用海绵擦洗干净她的蓝色开司米羊毛衫，并且将花边褶领打理得又新又亮。她现在很希望能有一顶帽子，她不想戴罩帽了。妈买了半码漂亮的棕色天鹅绒给她。

好几个周六，玛丽·鲍尔和劳拉都在做帽子。玛丽的帽子材质是深蓝色布料，边上缝了她爸从碎布口袋里弄出来的蓝黑相间的天鹅绒。劳拉的帽子也是天鹅绒做成的，不过是棕色的，摸上去特别柔软。她还是头一次戴着这顶新帽子来参加文学联谊会。

教室里似乎没什么准备，只是把教师的桌子移开了。大家都挤在一块儿，三个人挤在一个座位上，教师的讲台上也都站满了男孩子。布莱德利先生和巴恩斯律师将人群朝后推，清出过道。大家都不知道为什么，也不知道是怎么回事,只听见窗外突然有人大叫了一声。

原来过道中走来五个穿着怪异的黑脸男人,他们的眼睛周围都画了两个白圈,嘴巴涂得非常红。他们走上讲台,站成一排面向观众,开始唱:

> 我们来聊聊杂牌军的事,
> 这些黑卫兵是打不倒的!
> 他们向后,向前再向后,来来回回反复了好几次。
> 我们来谈谈杂牌军的事
> 这些黑卫兵是打不垮的!
> 我们一起向前!
> 看看黑卫兵的步伐吧!

这时,中间的人跳起了踢踏舞,其他四个黑脸人向后靠着墙站着。其中一个吹风琴,一个吹口琴,另一个摇着沙槌打拍子,还有一个跟着节拍一会拍手一会跺脚。

教室里充满了欢呼声,大家都十分高兴,然后也情不自禁地跟着节奏跳了起来。动感的音乐,疯狂的舞步,让人陶醉其中。

但让人想不到的是,这个节目刚结束,搞笑的节目

又上场了。他们的眼珠子来回地转个不停,大红嘴巴胡乱问、胡乱答,说的都是些胡搅蛮缠的话。接着,音乐又响了起来,大家又跳起了更疯狂的舞蹈。

当五个黑脸人突然冲下讲台时,所有人的激情都被点燃了,晚会也在不知不觉中结束了。纽约最著名的黑人乐队表演也没今晚这场表演好看。这时,大家满脑子充满了疑问:"他们是谁?"

他们的衣服非常破,脸上也黑漆漆的,看不出到底是谁。劳拉能确定跳踢踏舞的是杰拉德·福勒,因为有一回她看到他在自己的五金店门前的人行道上跳舞。她想到那双握着沙槌、伴着音乐打拍子的黑手,要是他脸上有胡须,那应该是爸。

"爸会不会刮掉了脸上的胡须?"劳拉问妈。妈担心地回答道:"我的天,不会的!"随后她又改口说:"我希望不会。"

"爸肯定是那五个黑脸人里的一个,"卡莉说,"因为他没和我们一起来。"

"是啊,我知道他一直在练习,打算表演黑人歌舞。"妈说,她脚下的步子更快了。

"噢,但那五个黑脸人都没留胡须,妈。"卡莉提醒妈。

"我的天,"妈说,她今晚完全沉浸在演出里了,根本

草原小镇
Little Town on the Prairie

想不到这一点。"他不可能刮掉胡须的。"她说,然后又问劳拉,"你觉得他会刮掉吗?"

"我不知道。"劳拉回答。其实她心里想,爸是会为这次演出作出牺牲的,因此有可能刮掉自己的胡须,但她不知道爸究竟做了什么。

她们匆匆忙忙地赶回家,爸还没回到家。又过了许久,他才从外面进来,高兴地问:"黑人歌舞表演精彩吗?"他脸上长长的棕色胡须还在那儿。

"你是怎么处理你的胡须的呢?"劳拉大声问道。

爸装出一副吃惊、疑惑的样子问:"我的胡须有什么问题吗?"

"查尔斯,你吓死我了。"妈无奈地大笑。但,劳拉凑近看,还是看到了爸眼角的皱纹上还沾着些白东西,胡须上也还留着小块的黑色油脂。

"我知道啦!你将胡须全涂黑了!"她解开了谜底,爸也只得承认了。他就是那个玩沙槌的黑脸人。

妈说这样的晚会可能这一辈子都不会再碰到了。全家人坐在一块儿讨论到很晚。

"学校一放假,我们就回放领地,"爸说,"你们愿意吗?"

"我要回去照料菜园里的种子。"妈说。

"我很开心可以回去,我和格蕾丝又可以去摘紫罗兰花了,"卡莉说,"你不高兴吗,格蕾丝?"格蕾丝躺在妈的腿上,她的眼睛都睁不开了,她半睁着一只眼睛,说:"紫罗兰。"

"你觉得呢,劳拉?"爸问,"我一直在想,到目前为止,你也许想待在镇里吧。"

"或许吧,"劳拉承认,"我头一次这么想待在镇里。但大家夏天都要搬回放领地去,不然所有权就保不住了,不是吗?明年冬天我们会搬再到镇里来,是不是啊?"

"是的,我觉得我们会的,"爸说,"到时候我们再搬回来,那样你们上学也更安全。不过今年冬天我们或许得待在放领地上了。只要做好了迎接严冬的准备,暴风雪一点也不可怕。"

他的语气里有些许滑稽,大家都不禁大笑起来。

从那以后,全家人都在考虑搬家的事情。天气慢慢变暖了,温暖的空气中弥漫着湿润的泥土气息。劳拉也不想读书。通过考试的把握劳拉还是有的,只是分数不一定很高。

一方面她暗暗自责,但只要一想到整个夏天都没办法见到艾达、玛丽·鲍尔、米妮和那些男孩子们,她又觉得

草原小镇
Little Town on the Prairie

很难过。她发誓明年夏天必须要努力学习了。

考试的成绩并不理想,历史只考了99分,算术更差,仅92分。但这就是她的成绩,没法再改变了。

这一刻,她突然明白,自己不能再放纵自己了,再过十个月她就满十六岁了。夏天来了,天空中飘着白云,紫罗兰在水塘边绽放,野玫瑰在草原上四处盛开,而她不得不待在家里学习。要是她不够努力,明年春天拿不到教师资格证的话,玛丽就没办法继续上学了。

不可预见的四月

放领地上的事都已经安排就绪了。屋子外的雪也融化了，草原长出了新草。犁过的地黑黑的，在阳光的照耀下散发着芬芳的香气。

那天上午，劳拉花了整整两个小时的时间学习。当她收拾干净桌上的午餐盘子时，忽然发现自己的写字板和课本正在等她一起学习。微风吹得很舒服，诱惑着她陪卡莉和格蕾丝一起去散步，享受春天的气息，但她知道自己该学习了。

草原小镇
Little Town on the Prairie

"今天下午我想到镇上去,"爸边戴帽子边说,"有需要我带回来的东西吗,卡洛琳?"

吹进来的风忽然变得很冷,像冰一样,劳拉趴到窗户上朝外看。她尖叫起来:"爸,天空中有团暴风雪云,可能要下暴风雪了!"

"应该不会吧!现在已经四月底啦。"爸转身去看。

屋外的太阳已经不见了,风声也变了,暴风雪正拍打着小房子,发出"噼啪"的响声。有飞旋的东西贴在窗户玻璃上,冷气瞬间涌进了屋。

爸说:"下午我还是待在家里吧。"

他搬了张椅子,在靠近炉子的地方摆好坐下。"幸好所有的牲口都进圈了,本来我想进城买些拴马绳的。"

小猫凯蒂很狂躁,它竖起了全身的毛。这是它第一次看见这么大的暴风雪,还不明白这到底是怎么回事。格蕾丝想去安抚它,但无论摸到它身上的哪个地方,它都会狂躁,发出"喵"的声音。最后她决定不再去碰它了。

暴风雪整整下了三天三夜。爸怕母鸡被冻坏,就把它们关进了马厩。天气太冷了,大家只好都围着暖炉就坐。屋子里的光线很暗,但劳拉还是坚持学习算术,反正她也没办法出去散步了。

第三天,一层厚厚的冰盖住了大草原。接下来的一

天，爸去了镇上，地面还硬邦邦的没融化开来。他回来时对大家说："有两个人在暴风雪中冻死了"。

他们是东部人，因为上午出门时还是春天的气候，他们就驾车去南边的一个放领地上看朋友，中午前，他们又走着去了另一个放领地。

暴风雪停了之后，周围的人都出来找这两个人，却发现他们被暴风雪冻死了，就在一个草堆旁边。

"他们是东部人，不知道怎么应付暴风雪。"爸说。假如他们钻到草堆里，再用草堵上洞，这种悲剧也许就不会发生。

"但现在已经四月了，谁也想不到会出现这样的暴风雪。"妈说。

"谁也没办法知道将来会发生什么事，"爸说，"当我们对每件事都做好了最坏的打算时，也许就能得到最好的结果。"

劳拉不赞同："去年冬天你也做好了最坏的打算，但还不是白费心机。暴风雪就在我们毫无准备的时候来！"

"暴风雪好像瞄上我们了。"爸基本上赞同劳拉的说法。

"我不知道要怎样才能做好准备。"劳拉说，"就算你能预见了某些事，但又总会有其他事发生。"

"劳拉。"妈让她不要再说了。

"就是这样。"劳拉说。

"不是的,"妈说,"暴风雪只出现在暴风雪地区。也许你做好了所有准备,但仍然当不上老师。可如果你什么也不准备,就一点机会也没有!"

劳拉这才想起妈也当过老师,那天傍晚,劳拉将书放到一旁,帮着妈做晚饭,这时她问:"你教了几个学期,妈?"

"两个学期。"妈说。

"然后呢?"劳拉又问。

"我遇到了你爸。"妈说。

"哦。"劳拉说。她觉得自己也许也会遇到某个人。她不会一辈子都当老师的。

新学期来啦

暴风雪后的那个夏天,劳拉一直都在学习。除了这些,她每天早上都去井里打水、挤奶、移动马栓、教新生小牛喝水,并在菜地和家里干活。收干草时,劳拉会踩紧干草,方便爸把干草拉到镇上去。但是,她每天待在书本和写字板前的时间似乎比做家务的时间长得多,甚至连七月四日她都没到镇上去。卡莉跟着爸妈到了镇上,劳拉留在家里照顾格蕾丝,学宪法。

玛丽每周都会写一份长信寄来。连格蕾丝都会写短信了，这全是因为妈教得好。格蕾丝和家里其他人写的信都一起寄给了玛丽。

母鸡下蛋了。妈储存起最好的蛋，用来孵小鸡，最后孵出了24只小鸡。礼拜天，妈用鸡蛋、豌豆和马铃薯一起做了一顿丰盛的午餐，大家还吃到了炸鸡。妈把剩下的小公鸡留了下来，准备等它们长大些再吃。

又到了抓田鼠的时候了，凯蒂已经长成了肥猫，它抓的田鼠多的根本吃不完。随时都能听到它骄傲的叫声，它把刚逮到的田鼠放在妈、劳拉、卡莉和格蕾丝脚下，试图跟大家一起分享这些美食。它看起来似乎很疑惑，因为它不明白大家为什么都不吃田鼠。

今年的乌鸦不多，凯蒂也逮到了一只。乌鸦虽少，但还是造成了一定的损失。温暖的秋天到了，劳拉和卡莉又该去上学了。

镇里和周围乡村的居民渐渐多了起来。教室里坐满了人，前排座位上的一张桌子旁竟然坐了三个小学生。

学校又来了个新老师——欧文先生。上次七月四日的赛马会上，他父亲的栗色马几乎就要赢了。劳拉十分喜欢欧文先生，也很尊重他。虽然他年龄不大，却异常认真，工作也很勤奋。

开学的第一天，他就开始严格管理学校。大家都规

规矩矩的，十分听欧文先生的话。欧文先生的课讲得很精彩。开学第三天，威利·奥利森就被他用鞭子教训了。

有一段时间，劳拉不知道怎么看待体罚。威利非常聪明，可是他从来都不用功学习。每当老师让他背课文时，他就会张大嘴巴，眼神无光，样子呆呆的。

从前他就是用这样的表情戏弄怀德小姐的。他似乎没办法集中精神去听怀德小姐说话。课间休息时，他也会用这种方式戏弄其他男孩。克里维特先生教书时就认定威利是个傻子，对他没做要求，这种方式更加宠坏了威利。现在大家经常都能看到他张着嘴、眼神无光。劳拉看到他时，还真的以为他是傻子呢。

欧文先生第一次看到威利鼓着眼睛，是在点名册上登记名字时，他被吓了一跳。内莉解释道："这是我弟弟，威利·奥利森，他没办法回答这些问题，他好像很糊涂。"

那两天，劳拉有好几次都看到欧文先生目光犀利地盯着威利。威利边流口水边目光呆滞地盯着前方。欧文先生叫他背课文时，劳拉几乎没办法忍受他那张呆滞的脸。第三天，欧文先生平静地叫道："威利，跟我来。"

欧文先生一手拿着教鞭，一手抓着威利的肩膀，将他拉出教室，并关了门，从头到尾一句话也没说。劳拉和艾达的位置最靠近门，她们听到了教鞭的声音。班上所有人都听见威利大哭的声音。

过了一会儿，欧文先生平静地回到教室，威利就跟在他身后。"不许哭，"他说，"现在坐回你的座位，认真学习。我希望你可以理解并背熟课文。"

威利马上不哭不闹了。他听话地回到座位上。从那以后，只要欧文先生看他一眼，威利的白痴模样就会马上消失。他的脑子似乎开始努力思考问题了，举止也和其他男生一样了。劳拉常常怀疑，在把脑子弄得乱七八糟后，威利还能不能再恢复过来，但至少威利在努力，而且他也不敢不这么做。

几个大女孩：劳拉、艾达、玛丽、米妮和内莉·奥利森，都还坐在原来的座位上。夏天的烈日把大家都晒得黑了些，只有内莉显得更苍白、更像淑女了。尽管她的衣服是她妈拿旧衣服改成的，但仍然很漂亮。这让劳拉越来越不满意自己上学穿的棕色衣裙和蓝色开司米衣裙了。当然，她只是想想而已，并没抱怨。

裙撑到货了，妈也买了一副给劳拉。妈将劳拉棕色的裙边放了下来，这样裙边就正好遮住了裙撑，蓝色的羊毛衫则不用改动了。不过，劳拉还是觉得自己穿得没其他女孩好看。

玛丽·鲍尔和米妮都有新衣服，玛丽·鲍尔的是一件新

校服，米妮的是一件新外衣和一双新鞋子，艾达的衣服是慈善捐助的，不过她很甜美很开朗，穿什么都好看。劳拉穿好衣服，准备去上学时，觉得只要越注意自己外表，就越不满意。

"你的紧身上衣松过头了，"妈早上帮她穿衣服时说，"将带子再拉紧些，就会显得更匀称些。我觉得这种刘海不适合你。头发梳到耳朵后面，只留下前额这么一撮刘海，会让你的耳朵看起来很大。"

忽然，妈似乎想起了什么，不由得轻笑着。

"你在笑什么啊，妈，跟我们讲讲吧！"劳拉和卡莉请求道。

"我只是想起我和你们的阿姨伊莱扎小时候的事。我和她都将头发梳到了耳朵后面，就上学去了。老师将我俩叫到教室前面，在全班同学面前羞辱了我们一顿，说这样太不淑女了。"妈又轻轻地笑了。

"你总是梳下两边的头发遮着耳朵，也是这个原因吗？"劳拉叫起来。

妈似乎有点吃惊。"是啊，我想应该是。"妈回答道，她仍在笑。

上学路上，劳拉对卡莉说："卡莉，我从来没见过妈的耳朵呢。"

"说不定她的耳朵也很好看。"卡莉说,"你跟她长得很像,你的耳朵又小又好看。"

"噢。"劳拉说着,停了下来,在风中转动身体。风吹在裙子上,裙撑上的吊线就慢慢地往上爬,接着又缠上膝盖。她必须一圈一圈地转,摇松线,慢慢地让它旋转下来,落到裙摆上。

她们继续赶路,劳拉又接着说:"我觉得妈还是小姑娘时,肯定穿得很土,你说是吧?这风真讨厌!"裙撑又往上蹿了,劳拉大叫起来。

卡莉安静地站在一旁,劳拉将裙撑拉了下来。"我好高兴,我还小,用不着穿裙撑,"卡莉说,"我觉得裙撑真烦。"

"确实很烦人。"劳拉也承认,"但这样很时髦啊,等你到了我这个年纪时,你也会想变时髦的。"

那年秋天他们住在镇上,大家都非常开心。爸说,现在不用再举办文学联谊会了,因为每个礼拜天,都要去教堂做礼拜,每周三晚上还有祈祷会,妇女互助会也策划了两场社交晚会,会上还商议了圣诞树的问题。劳拉希望可以有一棵圣诞树,因为格蕾丝还从未见过圣诞树呢。十一月教堂将有一整周的福音布道会。学校董事会审批后,欧文先生打算举办一个教学成果展览。

学校跟往常一样上课，成果展选在圣诞节前举行。大男生十一月就可以来上学了，不用等到冬天。小点的学生只好三人挤在一个座位上，把位置腾给大男生坐。

一天课间休息时，欧文先生跟劳拉和艾达说："学校得换个大一点的房子。我一直期望明年夏天镇上可以有钱盖个大点的学校。确实该让学生分年级上课了。我期望通过教学展览将这些问题体现出来，让人们了解学校、学生，以及学校的需求。"

后来他告诉劳拉和艾达，让她们在展会上背诵美国历史。

"噢，你觉得我们能行吗，劳拉？"欧文先生走了之后，艾达问。

"能行的！"劳拉说，"你知道的，我们都非常喜欢历史。"

"你背诵的那部分比我的还长一些，"艾达说，"我只需要记住从约翰·昆西·亚当斯到拉瑟福德·海斯的历史，可你却要背发现新大陆、地图和战争，以及西部保留区、宪法，天啊！我不知道你要怎么做到！"

"是比较长，但只要我们常学习，常复习就可以了。"劳拉说。她很开心可以担任这个角色，她觉得历史比较有趣。

草原小镇
Little Town on the Prairie

其他女生都兴致勃勃地议论福音布道会。镇上的人以及附近乡村的人都会去。劳拉不知道举办这个会的意义是什么,因为她到现在还没参加过布道会。但当她说出她会留在家学习时,内莉很震惊地喊道:"不去布道会的只有无神论者。"

其他人没有说话,艾达的棕色眼睛充满着焦虑,她请求道:"你会来的,是吗,劳拉?"

福音布道会将持续一整周时间。这段时间,劳拉除了学习学校的功课,还得准备教学展览。礼拜一晚上,劳拉急匆匆地赶回家,一直学到晚饭时间。她边洗衣服边回忆那些历史事件。接着她又趁爸妈换衣服的空当,抓紧时间看起书来。

"快点!劳拉,再不快点我们就迟到了!"妈说。

劳拉站在镜子前,急匆匆地戴上那顶可爱的棕色天鹅绒帽,又整理好刘海。妈和卡莉、格蕾丝已经在门口等她了。爸把炉子进风口关了,又调小灯芯的火苗。

"大家准备好了吗?"他问道,接着就把灯熄灭了。她们打着灯笼走出去,爸给大门上了锁。大街两边没点灯,黑漆漆的。灯笼摇摇晃晃地朝明亮的教堂移动。教堂的阴影里,密密麻麻地立着篷车、马车和盖着毛毡的马。

教堂里很挤,但灯光很亮,木炭暖炉也把教堂烘得暖

洋洋的。老人们紧紧地围着布道坛坐着，中间坐的是一般的家庭成员，年轻男子和男孩们都坐在后排座位上。大家都来了，还有些是劳拉不认识的人。爸沿着过道带路，找到了空位，妈拉着格蕾丝、劳拉和卡莉走了进去，大家擦过别人的膝盖，坐了下来。

布朗牧师从布道坛后的椅子上站起身来，唱起了第一百五十四首赞美诗。布朗太太负责弹风琴伴奏，全体都站了起来，开始唱：

> 九十九只羊被庇护，
> 有一只走失在山上，
> 离金门太远太远了，
> 流落在荒郊野岭，
> 远离了牧羊人的爱护。

要是布道会只是唱歌，劳拉肯定非常喜欢。但她明白自己现在的主要任务是学习，不是浪费时间去享乐。她跟着爸的一起高声唱道着：

> 祈祷主带回自己的羔羊！

草原小镇
Little Town on the Prairie

开始长长的祈祷了。劳拉低头闭上眼睛,耳畔响起布朗牧师粗犷的声音。最后大家总算站起来,放松了些。又唱起歌来了,这是一首旋律跟舞曲一样的赞美诗,节奏也很快。

> 在和照阳光下播种,
> 在正午烈日中播种,
> 在夕阳下山时播种,
> 在庄严的暮色里播种,
> 会有什么收获呢?
> 会有什么收获呢?

歌声响起,布朗牧师接着布道,他的声音抑扬顿挫,浓密的眉毛偶尔抬起来,偶尔放下去,他的拳头敲打着布道坛。他高声朗诵着:"忏悔,忏悔,还不晚,救出地狱,还不晚!"

劳拉感觉到有阵寒气蹿上脊梁,直冲头顶,她似乎感觉到有什么东西自这些人身上升起,有某种可怕的东西随着牧师的声音逐渐变大。牧师讲的话让人没法理解,那都不是完整的句子,只是令人觉得害怕的字词。最惊恐的那一瞬间,劳拉觉得布朗牧师完全是个两只眼睛冒

着火花的魔鬼。

"来我这儿，来我这儿，得到救赎吧！来我们这儿吧！忏悔吧，罪人们！起立，起立！我们一起唱吧。啊，迷途的羔羊们！逃离上帝的愤怒惩罚！划吧，划吧，向岸边划去！"他的手向上举起来，声音高亢地唱道：

划到岸边来，水手，划到岸边来吧！

"跟我唱！"牧师的声音穿透人们的歌声。一个年轻人跌跌绊绊地从过道走上来。

无论狂风多猛烈，
无论风暴怎么吼叫。

"上帝都在保佑你，有罪的兄弟们，跪下吧，上帝一直在保佑你。还有人吗，还有吗？"布朗牧师大声叫着，声音又一次穿透众人的歌声，"划到岸边来！"

每当听到赞美诗开头的几个字，劳拉就想笑。她还记得上次瘦高个男人和小矮个男人一本正经地唱这首歌的场景，所有店老板都从被踢破的纱门探出头来看。现在，劳拉觉得噪音和激动的场面没办法打动她。

草原小镇
Little Town on the Prairie

她看了看爸妈。他们都站在那里轻轻地唱歌。她刚才感受到的那种阴暗疯狂的东西,活像暴风雪在咆哮。

又有人走上去跪下了,这次是一个年轻人和一个老妇人。

教堂活动结束了,却又好像没结束。人们挤上前,围着那三人,祈求他们的灵魂能得到救赎。爸轻声地对妈说:"我们走吧。"

爸抱着格蕾丝往下走,妈牵着卡莉尾随在后面,劳拉则紧跟在他们身后。年轻男人和男孩在后排的座位上站着,看着人们经过身边。那种怕看到陌生人的恐惧感又朝劳拉袭来,前面敞开的门此时在她的眼里就是个避难所。

她没注意到有人碰了碰她的大衣袖子,然后她听到一个声音说:"我送你回家,好吗?"竟然是阿曼乐·怀德!

劳拉惊讶得说不出话来。她甚至都不知道是应该点头还是摇头,脑子都没办法思考了。阿曼乐用手扶着她的胳臂,和她一块走出去,护着她穿过人群。

爸刚好将灯笼点亮。他放下灯罩后,抬起头,妈转身问道:"劳拉在哪?"这时他们看见阿曼乐站在劳拉身旁。妈一下子愣住了。

"走啊,卡洛琳。"爸催促道。妈跟了上去,卡莉瞪大

眼睛看了眼他们，也跟着走了。

地面积着白雪，天气很冷，但没有风，天空中点缀着闪烁的星星。

劳拉不知该说什么。她希望怀德先生能说点什么。阿曼乐的厚大衣上飘出一股淡淡的雪茄烟味，跟家里爸的烟斗气味不一样，但还是非常好闻，虽然它稍微有点冲鼻子。这让劳拉想起这个年轻人和凯普一块冒着危险运来小麦的事。她一直在思考该说些什么。

很意外，她听见自己在说："无论怎样，没有暴风雪。"

"今年是个暖冬，没有那么冷。"阿曼乐说。

又是一片静默，只能听见脚步踩在积雪上的"吱嘎吱嘎"声。

人们都从大街上往家里赶，灯笼映出长长的人影。爸提着灯笼穿过街道，和一道进了家门。

劳拉和阿曼乐一起站在紧闭的大门外。

"好了，晚安。"阿曼乐边说边举起帽子向后退，"明晚见。"

"晚安。"劳拉答道，她打开门。爸正举着灯笼，妈正在点灯。爸说："我相信那个小伙子，他只是送劳拉走回家而已。"

"可她只有十五岁！"妈说。

草原小镇
Little Town on the Prairie

门关上了，劳拉待在温暖的房间里。桌上点着灯，一切都好。

"你觉得福音布道会如何？"爸问。劳拉回答："不如奥尔登牧师布道那样安静，我更喜欢奥尔登牧师的布道。"

"我也是这么想的。"爸说。接着妈说："已经过了睡觉时间啦。"

第二天，劳拉想了许久，阿曼乐先生说"明晚见"是什么意思？她不知道他干吗要陪她走回家。他的行为有点怪，他已经是大人了。好几年前，他就有自己的放领地了，他看起来至少有二十三岁，更像爸的朋友，而不是她的朋友。

第二天晚上，劳拉一点也听不进去布道，她想如果自己不在教堂就好了，这儿人太多了，并且人们又那么兴奋。让她开心的是，爸终于说："我们走吧。"

阿曼乐站在门口的一群小伙子里，劳拉有些尴尬。今晚她看见好几个小伙子送年轻姑娘回家。她的脸很烫，眼睛也不知该往哪边看。阿曼乐又问道："我能送你回家吗？"这次劳拉礼貌地回答："好的。"

前一晚她已经想好了要说些什么，于是她开始谈明尼苏达州的事。她来自梅溪，阿曼乐则来自春谷，更早之前他住在纽约州附近的马龙市。劳拉觉得自己还挺健谈的，

到家时,她道了声"晚安"。

那个礼拜的每天晚上,布道会结束后阿曼乐都会送劳拉回家。她还是不知道是什么原因。幸好这一周很快就结束了,接下来又可以每天晚上学习了。她一想到教学成果展,就将阿曼乐抛在了脑后。

教学成果展

屋子里非常暖和，灯也很亮，但劳拉的手指还是被冻到了，她都扣不好自己蓝色羊毛衫的扣子。镜子里的人影也看不清——她正在梳洗，准备去参加教学成果展。

她为此担心了很长时间，可这一天真要来时，却又不像真的。但无论如何，她都得挺过这一关。

卡莉也很害怕，她那一双大眼睛嵌在瘦瘦的小脸上，显得更大了。劳拉给她系发带时，她正轻声地背诵："站着个小雕塑家，手里拿凿刀……"卡莉穿着妈妈手做的一身

新的羊毛格子连衣裙，准备去朗诵诗歌。

"妈，再听我朗诵一遍吧。"卡莉请求道。

"没时间了，卡莉，"妈说，"再不出发我们就要迟到了。我知道你肯定可以的。路上再听你背诵。你好了吗，劳拉？"

"好了，妈。"劳拉说。

妈把灯吹灭了。屋外刮过一阵寒风，白雪在地上飞舞起来。劳拉的裙子在风中飘扬着，裙撑疯了似的向上蹿，她担心刘海被风吹乱。

她拼命地回想要说的内容，但只记得这些了："1492年，克里斯托弗·哥伦布发现了美洲大陆。哥伦布出生在意大利热那亚——"卡莉喘着气背诵："遵照上帝的旨意，等待这一刻——"

爸说："教堂的灯已经亮了。"

教堂和学校都亮堂堂的。一大群人打着黄灯笼向教堂走去。

"怎么了？"爸问。布莱德利先生回答道："来的人太多了，学校里坐不下，欧文让我们转移到教堂去。"

布莱德利太太说："听说你今晚要带给我们一次真正的享受，是吗，劳拉？"

劳拉都不清楚自己说了些什么。她的整个脑海都充斥着:"克里斯托弗·哥伦布,意大利热那亚人——1492年,克里斯托弗·哥伦布发现了美洲大陆。克里斯托弗·哥伦布是一个——"她必须得想起哥伦布所有的事情。

入口处满满的都是人,劳拉担心裙撑被挤变形。挂衣钩已经被用完了,连挂衣服的地方都没了,过道上都是找座位的人。她只听见欧文先生不停地说:"前排是学生们的座位,学生们,请坐到前排来。"

妈说她会看好衣服。她替卡莉脱下了外套和罩帽。劳拉自己也脱下了外套和帽子,然后她紧张地拨弄了下刘海。

"卡莉,你只要正常发挥,就没问题的,"妈替她将格子花衣裙拉直,"你已经背得很熟了。"

"是的,妈。"卡莉轻声地说。劳拉却什么话都说不出来。她带着卡莉走过过道。卡莉紧跟在她后面,突然小卡莉抬起头急切地望了眼劳拉,小声说:"我看起来还好吗?"

劳拉看见卡莉那双圆圆的满是害怕的大眼睛,她的眉梢落了一缕头发。劳拉用手替她把头发向后梳顺。卡莉的头发被编成两条中分的辫子直直地垂在脑后。

"你看上去再好不过了!"劳拉说,"你的格子呢裙子非常漂亮。"她的声音平静得不像自己的声音。

卡莉的脸瞬间亮了起来。她摇摇摆摆地走过欧文先生身边，和同学们一起坐在前排。

欧文先生对劳拉说："墙上挂着的都是历届总统的画像，这里的布置和教室一样，我的教鞭就在布道台上。当你说乔治·华盛顿时，就拿起教鞭，指着你要介绍的那个总统，这样更便于你记住正确的顺序。"

"好的，老师。"劳拉说。这时，她才发现欧文先生也有点担心。所有人中，只有劳拉不能失败，因为她担任了重要的角色。

"他刚才跟你说那根教鞭了吗？"劳拉在艾达身边坐下后，艾达小声问道。艾达像平时一样快乐。劳拉点了点头。她们见到凯普和班恩正往墙上钉总统画像。布道台移走后，讲台就空出来了，长教鞭就摆在布道台上。

"我知道你没问题，但我现在好担心。"艾达的声音打着颤。

"时间到了，你自然就不害怕啦。"劳拉鼓励她，"我们的历史一直不错。历史可没心算那么复杂。"

"无论如何，你先上场，让我舒缓一下紧张，"艾达说，"我没法先上台，我没法放轻松。"

劳拉对自己的这部分内容充满了信心，因为这部分内容非常有趣。但现在，她的脑子里也一片混乱。她试着去回想那些历史事件，但知道来不及了。可她一定得记起来，她不能失败！

"请各位就坐吧，"欧文先生说，"现在，学校的教学成果展正式开始了！"

内莉·奥利森、玛丽·鲍尔、米妮、劳拉、艾达、凯普、班恩以及阿瑟一起走上了讲台。阿瑟穿着双新鞋，其中一只走起路来还会"吱嘎"作响。他们站成了一排，看着教堂里注视着他们的一双双眼睛。劳拉的眼前模糊一片。没多久，欧文先生就开始提问了。

劳拉没感觉到害怕。她身着蓝色羊毛裙，在明亮的灯光的照耀下，站着背地理，她觉得这一切都太不像是真的。在这么多人面前，特别在爸妈面前，如果她答不出来或答错了，是很丢脸的事，可她并不害怕。这一切都像在做梦一样。

她整个脑子都在想哥伦布发现了美洲——可回答地理题时却居然一道也没答错。

结束地理知识问答时，台下响起了热烈的掌声。接下来是语法题。没有黑板让这个环节变得难多了。要是把句子写在写字板或是黑板上，分析带着副词短语的复合句中的每个词，就容易多了。但光凭记忆记住整个句子，不漏掉一个词、一个标点符号，就有点难度了。虽然如此，也

只有内莉和阿瑟出了点错。

心算是最难的了。劳拉不喜欢算术。轮到劳拉了,她紧张得心直跳,她几乎确定自己答不上了。但她站在那里,呆住了,因为她听到自己流畅地用简便除法答完了所有的题目:

"16除347264等于多少?34除以16等于2,余2;27除以16等于1,余11;112除以16等于7,余0;6除以16,不够除,标0,上4;64除以16等于4,除尽。因此347264除以16等于21704。"

她不需要再用乘法检验答案的对错,她知道自己答对了,因为欧文先生已经开始出下一道题了。

最后,欧文先生宣布:"下课!"

掌声又响起来了,学生们纷纷回到了座位上。现在轮到小学生朗读课文了,接着再轮到劳拉上台。

小女孩和小男孩挨个地被叫到台上去背诵,劳拉和艾达纹丝不动地坐着,她们的心里都有些紧张。劳拉将所有学过的历史知识快速地在脑子里过了一遍:"……发现美洲……联邦大会在费城召开……'我只不同意请愿书中一个词,那就是国会……'本杰明·哈里森先生站起来学着主席说,'主席先生,我只同意这份文件中的一个词,那就是国会……'乔治三世,或许因这个例子受益。如果这

草原小镇
Little Town on the Prairie

是叛国，那就尽管用吧……如果得不到自由，那就请赐死吧……我们相信，这些都是真理……雪地上是他们留下的血迹……"

突然，劳拉听见欧文先生叫道："卡莉·英格斯。"

卡莉挤进过道，瘦削的小脸因紧张显得苍白，方格裙背后的扣子全都扣反了。劳拉真希望自己能替她重新扣一遍，但她没办法，可怜的小卡莉只能独自应付了。

卡莉在台上站得笔直，她的双手背在身后，双眼看着人群。她的声音明亮而甜美，她背道：

> 手拿凿刀，
>
> 站着个小雕塑家，
>
> 面前有块大理石，
>
> 他的脸上发光，
>
> 露出笑容，
>
> 一个天使飘过他身边。
>
> 他把梦想刻在石头上，
>
> 天堂光芒四射，
>
> 他看到天使的眼神。
>
> 我们站着时，
>
> 就是生活的雕刻家，

> 我们的生活用不着雕琢,
>
> 我们等着上帝的指令,
>
> 生活的梦想经过我们身边。
>
> 让我们用锋利的刀子将它刻在石头上。
>
> 那天堂的美景将属于我们——
>
> 我们生活在天使眼里。

她没停顿,也没漏字。劳拉感到很自豪。卡莉的脸在阵阵掌声中,泛起了红色,她微笑着回到座位上。

接着,欧文先生宣布:"现在,我们一起来回顾祖国的历史吧!从发现新大陆到现在的历史,由劳拉·英格斯和艾达·赖特来为大家讲解。劳拉,开始吧。"

时间到了!劳拉站了起来。她不知道自己是怎么走上讲台的。反正她就站在那儿,开始讲了:"1492年,克里斯托弗·哥伦布发现了美洲。克里斯托弗·哥伦布出生于意大利热那亚。他得到批准乘船向西航行,试图找到通往印度的新航线。那时,西班牙由联合王朝统治……"

这时,她的声音颤抖了一下,她定了定神,继续往下讲。她站在那儿,身着蓝色开司米衣裙,裙撑宽宽地将下摆撑开,妈的珍珠领针将蕾丝花边固定住,她前额的刘海很湿很热。这一切仿佛做梦一般。

劳拉讲到了西班牙和法国的探险家、他们的定居点,说到了罗利丢失了殖民地,英国在弗吉尼亚和马萨诸塞建了贸易公司,还讲到荷兰人买下曼哈顿岛、开垦哈德逊河谷的事。

开始时,她的眼前模糊一片。后来,她慢慢地能看清大家的脸了。爸在人群中显得异常显眼,他们的眼神碰到一块,爸慢慢地点了点头。

接着,劳拉开始长篇幅地讲起美国的伟大历史。她讲到新世界自由与平等的观念,欧洲人民被压迫的历史,东部十三州反抗暴政与君主专制、为争取独立而战的战争,以及宪法的形成史、十三州联合的历史等。接着,她拿着教鞭,指向乔治·华盛顿的画像。

大家都没有说话,教堂里只听得见劳拉讲述着华盛顿事迹的声音:贫困的童年,当土地测量员的事迹,在杜克斯尼要塞输给了法军,以及后来屡战屡败的战斗岁月。她还说到华盛顿以全票被选为美国第一任总统,第一、二次国会通过的法律以及开拓西北疆土等历史。她又谈到了继约翰·亚当斯之后当总统的杰弗逊。杰弗逊起草了《独立宣言》,并在弗吉尼亚确立了宗教自由和个人财产权受保护的制度,并创建了弗吉尼亚大学,他还替新兴的美国购

买了密西西比和加利福尼亚间的全部土地。

然后,劳拉又介绍了下一任总统麦迪逊、1812年战争、敌人入侵和战争失败、焚烧国会大厦和白宫、美国水手用少量的军舰英勇地和英军海战,并最终赢得了独立的事件。

接着她又介绍了门罗总统,以及他是如何对抗旧世界的强权,警告他们别想侵略新大陆。安德鲁·杰克逊总统自田纳西州南下,攻打西班牙军队,并攻下了佛罗里达,为此,西班牙还收了美国一笔钱。1820年,是艰难的时期,银行倒闭了,所有商业活动都停止了,人们都失业了,饿着肚子。

劳拉用教鞭指了约翰·昆西·亚当斯总统的画像。她讲解了当时的选举,也介绍了墨西哥人的独立战争,最后墨西哥赢了,因此他们可以到处做生意。于是圣菲的商人就从密苏里州出发,穿越了几千里的沙漠,跟着墨西哥人做生意。然后,第一批大篷车开进了堪萨斯州。

劳拉讲到这里就结束了,剩下的由艾达来介绍。

劳拉放下了教鞭,她在一片安静中鞠了一躬。雷鸣般的掌声突然响起来,她觉得浑身不自在。掌声响得越来越厉害了,她感觉自己必须得用上很大的力气,才能冲出这些掌声,回到座位上。走到艾达身边时,劳拉一下就瘫坐在那儿。掌声一直持续不断，直到欧文先生示意大家安静下来，掌声才逐渐地停下来了。

劳拉浑身颤抖。她想鼓励一番艾达，可她没办法做到。她只好坐下来休息，心里暗暗想，考验总算过去了。

艾达表现得也很好，一点儿错都没出。劳拉很高兴听到大家也为艾达热烈鼓掌。

欧文先生解散了观众，大家慢慢地走出教堂。很多人站在座椅和过道间，讨论这次校展。劳拉看得出，欧文先生非常高兴。

劳拉和卡莉冲出人群，走向了爸妈。爸朝劳拉说："小家伙，讲得实在太好啦。你也讲得非常好，卡莉。"

"是呀，"妈说，"因为你们两个，我觉得很自豪。"

"我的确记住了每个词，"卡莉开心地赞成，"不过，最高兴的是这一切终于结束了。"她叹了口气。

"我——也是——这么想。"劳拉边说边费力地穿上大衣。这时她觉得有只手放在了她的大衣领上，替她穿好了衣服，同时一个声音响起来："晚上好，英格斯先生。"

劳拉抬起头，映入眼帘的是阿曼乐·怀德的脸。

阿曼乐没说话，劳拉也没说话。他们跟着爸的灯笼走出教堂，走在满是积雪的小路上。风已经停了，但空气仍

然很冷，雪地上反射着月光。

接着阿曼乐说："我想征求一下你的意见，我能送你回家吗？"

"可以啊，"劳拉说，"但你现在不就在送我回家吗。"

"从人群里挤出来真是件不容易的事啊。"他解释着，又沉默了会，接着问，"我能送你回家吗？"

劳拉不由自主地笑了起来，阿曼乐也跟着笑了起来。

"好的。"劳拉说。她不理解他为什么非要这么做，他比自己大很多。要是爸不在，波斯特先生或者爸的其他朋友都可以送她回家，但爸现在就在那里。她觉得阿曼乐的笑容非常灿烂，他好像对所有事都特别感兴趣。说不定他的棕色马就拴在大街上，因此他顺路和她一起走吧。

"你的马拴在大街上了吗？"劳拉问阿曼乐。

"没有，"他回答说，"我将它们放在教堂南边避风。"然后他又说，"我正在做一个雪橇。"

听了他的话，劳拉产生了无限的遐想。她好想坐上快马拉的雪橇啊！当然，他这并不是在邀请她，只是，她还是觉得头晕晕的。

"要是雪继续下，说不定可以坐雪橇，"他说，"但今年看来似乎又将是个暖冬。"

"的确是这样的。"劳拉说。她现在敢肯定他不会请她坐雪橇了。

"我还要再花点时间才能做好,"他说,"做好后,我还要给雪橇上两层漆,过了圣诞节,才能将雪橇拿来。你喜欢坐雪橇吗?"

劳拉觉得有点透不过气来了。

"我不知道,"她答道,"我从没坐过雪橇。"然后,她又大胆地说,"但我相信我会喜欢的。"

"哦。"阿曼乐说,"一月份时我会再过来,如果你喜欢的话,或许那时你想坐着雪橇兜风。礼拜六,可以吗?"

"可以,噢,可以!"劳拉叫起来,"谢谢你。"

"好吧,如果天气没变,过几个礼拜我会再来。"他说。这时他们来到了劳拉的家门口,阿曼乐脱下了帽子,向她道了晚安。

劳拉踩着舞步,走进了屋子。

"噢,爸!妈!怀德先生在做雪橇,他打算带我去坐雪橇呢!"

爸和妈相互看了看,神情非常严肃。劳拉赶紧说:"我能去吗?"

"到时再说吧。"妈说。爸亲切地看着她,这下,劳

拉可以断定，到时她可以去坐雪橇了。她想：坐在马拉着的雪橇上，在寒冷的阳光中平稳急速地滑翔，实在让人太开心啦。她忍不住地想：啊，内莉·奥利森一定会气疯的！

意外的惊喜

第二天，大家的心里都空落落的，无精打采。玛丽不在，大家都没心思过圣诞节了，但他们还是把卡莉和格蕾丝的礼物藏了起来。虽然明天才是圣诞节，但前一天早上大家却迫不及待地打开了玛丽寄来的礼盒。

学校放了整整一周的假。劳拉知道她得努力学习，但她却静不下心看书。

"要是玛丽在这儿，就有人陪我学习了，现在这样真没趣。"劳拉说。

吃过午饭，屋子里都收拾好了，但玛丽的摇椅上空无一人，屋子里显得空荡荡的。劳拉站在房里，四下张望，似乎在寻找她丢失的什么东西。

妈把手里的教会小报放下来。"唉，玛丽走了，我也很不习惯。"她坦白地说，"这篇传教士写的东西真有意思，但以前我总是给玛丽念报纸上的文章，现在念给自己听还真不习惯。"

"我真希望她还在家。"劳拉说，但妈说她不该有这种感觉。

"她现在学得那么好，会使用缝纫机，会弹风琴，还会用小珠子做装饰品，是一件好事啊。"

母女俩看着那件玛丽用小珠子串成的小花瓶，这是玛丽给大家的圣诞礼物。花瓶的珠子是蓝色和白色的，摆在劳拉身边的书桌上。劳拉走上前去，一手抚摸着花瓶上镶的珠子，一边听着妈讲话。

"我现在有点着急，要怎么才能赚点钱买些夏天的衣服给玛丽穿，再给她寄些零花钱呢？她需要买一块盲文写字板呢。"

"再过两个月我就满十六岁了，"劳拉充满希望，"或许明年夏天，我就能拿到教师资格证了。"

"要是明年你能教一学期书，我们就能让玛丽回来过暑假了，"妈说，"她离家太久了，理应回来住一阵，而且只要花费买火车票的钱就行了。但我们不能还没孵蛋就数鸡啊。"

"无论怎样，我都该去学习啦。"劳拉叹了口气。玛丽真有耐心，她的眼睛看不见，还能将小珠子串成那么漂亮的东西，可自己却整天闷闷不乐地混日子，劳拉为此感到惭愧。

妈又拿起小报，劳拉也开始埋头学习，可她怎么也提不起精神来。

卡莉站在窗边叫道："波斯特先生来了！他的身边还有一个人。他已经在门口了。"

"要说'他们'。"妈纠正了卡莉。

劳拉把门打开，波斯特先生走了进来，说："大家好，这位是布鲁斯特先生。"

布鲁斯特先生穿着垦荒者特有的靴子、厚厚的上衣，光看他的手也能看出他是一个垦荒者。他的话很少。

"你们好！"妈问候着给他们搬来了椅子。

"英格斯先生现在在镇上。波斯特太太还好吗？真可惜，她没和你一起来。"

"我是临时打算来的，"波斯特先生说，"我们刚好顺路，就想和年轻的女士说几句话。"他的黑眼睛冲着劳拉

眨了一下。

劳拉被吓到了。她坐在椅子上，按妈教的那样，腰杆挺得直直的，两只手合在一起，放在膝盖上，脚则向后缩进裙底里。但她有点喘不过气，她不知道波斯特先生的话里有什么其他意思。

波斯特先生继续说："布鲁斯特先生来这里的目的是想找一个老师，他住的区开了所学校，需要一名教师。昨晚他参加了我们学校的成果展，认定劳拉就是他们需要的老师，因此我向他们推荐了劳拉。"

劳拉的心跳了一下，却又立即沉了下去，然后越沉越低。

"我的年龄还没到呢。"劳拉说。

"劳拉，听我说，"波斯特先生热心地对劳拉说，"除非有人问起，否则没必要提起你的年龄。要是县督学颁发了一份教师资格证给你，你想不想去教书？"

劳拉不知道该怎么回答。她看了看妈，妈问："学校在哪，布鲁斯特先生？"

"从这儿往南大概要十二英里。"布鲁斯特先生回答道。

劳拉的心沉得更低了。那里离家太远了，她一切都得靠自己，没到放假，她是回不了家的。十二英里的路太远了，没法走个来回。

布鲁斯特先生接着说："我们那里住的人不多，周围都还没人定居。我们自己出钱办的学校，一个学期只能开两个月的课，而且我们也只付得起每月二十块钱的工资，外加食宿。"

"我觉得这个数目挺合理。"妈说。

那一学期就有四十块钱啦，劳拉从没想过自己可以挣这么多钱。

"英格斯先生应该会考虑你的建议的，波斯特先生。"妈继续说。

"在东部时我就认识布鲁斯特先生了，"波斯特先生说，"要是劳拉愿意，我觉得这倒是个好机会。"

劳拉激动极了。"为什么不去呢？"她激动得说不出话，"我很高兴能去当老师。"

"那我们继续赶路了。"听完劳拉的答复，波斯特和布鲁斯特就站了起来，说："威廉斯督学现在还在镇里，我们争取在他回家前找到他，请他即刻过来给你做个测试。"

他们跟妈道完别，然后匆匆走了。

"噢，妈！"劳拉很开心，她问，"你觉得我能通过考试吗？"

"我相信你可以，劳拉，"妈说道，"不要太激动，也不要太担心，只要把它当成是学校里平常的考试就行了。"

又过了一会，卡莉尖叫起来："看，那个人——"

"要说'他'。"妈严厉地指出她的错误。

"他走到这边来了——噢，好像不是这么说，妈——"

"他朝这边来了。"妈纠正道。

"他从福勒的五金店那边直接过来了！"卡莉高声叫道。

下一刻门口就传来了敲门声。妈打开门，迎进来一个人。他的个子很高，满脸喜悦，看起来很友善。他对妈说，他叫威廉斯，是县里的督学。

"你应该就是那个想考教师资格证的小姑娘吧？"他对劳拉说，"也没必要测试你了。昨晚我刚听了你的演讲，所有问题你都回答出来了。哦！既然你的桌上有写字板和铅笔，那我们就来做几道题好啦。"

他们一起坐在桌边。劳拉做了几道算术题、拼写题、地理题，还朗读了马克·安东尼在凯撒葬礼上的演讲词。她觉得和威廉斯先生在一起非常舒服。她在写字板上写了句话，并且很快就分析出了句子的意思。

攀登到山巅，我看见一只雄鹰展翅盘旋在悬崖周围。

"'我'是第一人称，是动词'看见'的主语，'看见'是及物动词的过去式。'鹰'是宾语，冠词'一只'修饰'鹰'。"

"'攀登到山巅'是分词短语，附属于'我'，是形容词。'盘旋'是不及物动词的现在分词形式，这里用作名词'鹰'的补语。'在悬崖周围'是介词短语，修饰'盘旋'，是状语。"

这样拆分了一些句子后，威廉斯先生对她非常满意。

"不用考你的历史了，"他说，"昨晚我听过你的历史演讲。我得给你降点分，因为现在我只能给你发三级教师资格证。可以借用一下钢笔和墨水吗？"他问妈。

"在桌上。"妈指给他看。

他坐到爸桌旁，摊开了一张空白的资格证。过了一会儿，房间里没声音了，只能听见袖子在纸上摩擦的"沙沙"声。他将笔尖擦干，又盖了墨水瓶后站了起来。

"给你，英格斯小姐，"威廉斯说，"布鲁斯特让我告诉你，下周一学校就开学了，如果天气好，他会在礼拜六或礼拜天来找你。你知道学校在小镇南边十二英里远的地方吗？"

"知道的，先生，布鲁斯特先生已经和我说过啦。"劳拉说。

"祝你好运。"威廉斯先生热情地说。

"谢谢您，先生。"劳拉说。

威廉斯先生跟妈道了别，之后离开了。这时候，她们才开始看资格证的模样。

劳拉拿着资格证，站在屋子中央，爸这时进来了。

"你手上拿的是什么，劳拉？"爸问，"你看起来就像那张纸会咬你一样。"

"爸，"劳拉说，"我是老师了。"

"啊？"爸很惊讶，他问妈，"卡洛琳，怎么回事？"

"你看，"劳拉将资格证递给爸后，坐下来说，"威廉斯先生没问我的年龄呢！"

爸看了下资格证，妈又为他介绍了学校的情况，爸说："实在太意外了！"他又坐下来慢慢地看着资格证。

"太好啦，"他说，"这对十五岁的小姑娘来说，实在是太好了。"他想说点什么，声音却有点低沉，因为劳拉现在也要离开家人了。

她没办法想象离开家，去十二英里远的地方去教书的样子，她完全不认识周围的人。如果不想这些，也许还会好受一点。因为她一定得去，无论发生什么事，她都必须面对。

"现在好啦，玛丽可以买到她需要的东西了，明年夏天，她也可以回家了。"劳拉说，"噢，爸，你觉得我——我可以当老师吗？"

"当然可以，劳拉，"爸说，"我对你非常有信心。"